浙江少年文学新星丛书·第六辑

海飞　主编

雨生百谷

陈翊心　著

图书在版编目（CIP）数据

雨生百谷 / 陈翊心著. -- 长春 : 吉林文史出版社，2020.4（2023.1重印）
ISBN 978-7-5472-6803-2

Ⅰ. ①雨… Ⅱ. ①陈… Ⅲ. ①随笔—作品集—中国—当代 Ⅳ. ①I267.1

中国版本图书馆 CIP 数据核字（2020）第 048537 号

雨生百谷

YU SHENG BAI GU

著　　者：陈翊心
责任编辑：钟　杉　王　新
封面设计：四川悟阅文化传播有限公司
出版发行：吉林文史出版社有限责任公司
地　　址：长春市净月区福祉大路 5788 号　　邮编：130118
电　　话：0431-81629363（总编室）　0431-81629372（发行科）
网　　址：www.jlws.com.cn
印　　刷：三河市嵩川印刷有限公司
经　　销：全国新华书店
开　　本：210mm×145mm　1/32
印　　张：7
字　　数：134 千字
版　　次：2020 年 4 月第 1 版　2023 年 1 月第 2 次印刷
定　　价：42.80 元
书　　号：ISBN 978-7-5472-6803-2

看似古典文静的少女，心里却藏着一匹奔腾的白马。

2006年春天降生于港城宁波，就读于宁波市鄞州区宋诏桥中学709班。

爱阅读、爱旅行，爱人间美味，在文字里建造一座心灵花园。

春野（2013年）

博物馆小志愿者活动（2014年）

练字（2014年）

贵州万峰林（2016年）

弹琴（2016年）

贵州黄果树（2016年）

石榴花开（2017年）

上海交大（2017年）

四明山（2017年）

葡萄园（2017年）

运动会（2017年）

立夏（2018年）

毕业典礼演出（2018年）

毕业生代表讲话（2018年）

初夏，我在阳台上与一片烂漫的粉蔷薇相对而坐。前几日还是无数小花骨朵儿，这两日已是娇红翠绿，每一朵都像向朝霞借了胭脂洇染，香气游进梦乡。

蘑菇头娃娃抱着我的脚不肯让我去上班，仿佛还在昨天。那时候说起话来糯糯的、嫩嫩的，还拖着尾音，像春晨里的小黄莺。小时候的你就极爱听故事，绘本可以重复听上十几遍。后来，用播放器播放故事是每晚必需的睡前甜点，等认识了字，你便一头扎进书的海洋里去了。

上了小学、初中，蘑菇头娃娃就变成了两角辫女孩儿、马尾辫姑娘。假期，同龄人辗转在各种培训班，我们则去见识各地的风土人情、高山大川。带着你欣赏长白山的雾凇，台湾的野柳地质公园，游览新加坡的海洋世界、长隆的动物园，贵州黄果树瀑布，在云南腾冲泡温泉，在北戴河的海边捉皮皮虾，去过北京、天津、广州，到过上海、南京、镇江……每到一个地方，我们都要去博物馆、菜场和当地有名的书店。行进在成长的途中，内心的滋养和眼界的开阔，千姿百态的遇见，随手记录的文字逐渐积累。

五年级的时候，你遇见了恩师徐海蛟，就像阳光点翠，你每上一次课都在汲取能量，都在成长。从此文字更有章法、更轻灵、更有腔调。一个人遇见好老师是人生的幸运，感谢生命里美好的相遇。

雨生百谷，万物青葱拔节，大地一片生机盎然。你正从童年走向少年，正是茁壮成长的季节，也是一生中学习提升自己的最重要时期。只有飞得更高，视野才更广、更远，才能发现自己心中真正的梦想、渴望和激情。

亲爱的女儿，期待你的明天更美好！

妈妈：董玲璐

陈翊心五年级时成了我的弟子。

我相信，茫茫人海里，能成为师生，是格外需要一些机缘的。这份机缘既来自相互的价值认同，又来自文学的吸引。推开文学花园的门时，她这般年少，一路踏过去，一路都是惊喜。她坐在课堂上，眼睛里闪烁着沉静的光亮。据说陈翊心是跑步冠军，在运动场上可谓体育健将，但坐到课堂里，翻开书时，她显得古典又安静，这也是我想象中一个小女孩儿和文学最契合的样子。

一开始，陈翊心的笔是稚拙的，充满着小女孩儿的天真，但这一点不妨碍她显现出良好的颖悟，她的写作好比初生的春树，一天翻出一个样儿。她是那么踏实，一步一步朝着花园的深处走来。她在文章里书写成长的感受，书写遇见的人，也书写一路所见的风景，这部分是在生活场域里行进的陈翊心。她书写童话、书写小说，也尝试重构古代文人的生活，这部分是轻逸的，是在云中漫步的陈翊心。一个少女，她拥有最敏锐的心，随时感知人间的温度；她拥有最诗性的心，沉浸在美的空气里，每一次呼吸，她都能觉察到美在律动。

我最喜欢她写人的那些文字，她写自己的外婆，将外婆缩小到一个5岁的小女孩儿，再慢慢往后展开外婆的人生，写到9岁的外婆，写到14岁的外婆，写到23岁的外婆，写到52岁的外婆，仿佛那是一部生活的长卷。你会感觉到她在结构文章时的匠心，你也能同样感觉到一个小小的生命对另一个生命的体恤和怜惜。她写李白、写苏子，也写杨贵妃，这些隔着久远时光的人，到了一个小女孩儿笔下，竟消除了中间漫长的暌违。写作的人，总要比常人更多一份生命的同理与共情。我也喜欢她带着生命之思的那些文字。她写手术室里的故事，写清明时"阿太"的离世，也写重获光明的盲人，那盲人用自己的感觉重新命名着颜色……在这些文字里，你能见到少年对生命最初的哲学打量，她开始思考人在世界上的秩序与价值，开始思考生命的轻与重，这样的探寻富有积极的意义，将会触动一个个体生命朝着更深远的心灵疆域进发。有一天，她一定会明白，对于一个人来说，绕过物质的种种阻碍，最后到达清澈的星空之下，接近心灵的高贵之思，才是生命更优雅的行进方式。

立夏前夕，收到浙江省少年文学院消息：《雨生百谷》通过层层遴选，入围《浙江少年文学新星丛书·第六辑》。自此，我长舒一口气，第一时间将消息转达给翊心妈妈。心中禁不住感叹，姑娘努力没白费，等了两年，她终于等到人生第一本书。

少年得志，此番感觉当如孟郊："春风得意马蹄疾，一日看尽长安花。"但这仍然只是开始，是踏上文学之旅的第一级台阶。这条路长及一生，甚至比一生更长。陈翊心有着良好的文学禀赋，又有着如此美丽的启程，我祝福她，借助文字抵达更深广的世界；我也祝福她，借助文字逾越无时不坚硬的现实。

我期待10年，或者15年之后，陈翊心会拿着一本她写就的真正令无数读者热爱的书，出现在我面前，我会将她的书小心翼翼地安放在书架上我自己写的书的旁边，让它们比肩而立。就像现在，我们一起站在文学的花园里，比肩而立，看春天的第一朵小花跃上树的枝头。

徐海蛟

2019年5月7日

徐海蛟，作家，中国作家协会会员。曾获人民文学新人奖、浙江省“五个一工程奖”、浙江省优秀文学作品奖等奖项。著有《故人在纸一方》《别嫌我们长得慢》《寒霜与玫瑰的道路》等12部书。

我爱自然美好的事物，尤其喜欢到乡下外婆家去，那里是我童年的乐园。春天，我在满山粉嘟嘟的杜鹃花里穿行，在金色的油菜花田里奔跑；夏日傍晚，微风拂面，带来阵阵荷香，耳畔蝉鸣声声，红的、蓝的蜻蜓飞舞着……啊！世界多么美丽！大自然总让人惊叹！我惊奇地发现缀满雨珠的蛛网，我嚼着甜丝丝的茅针儿，我跟随绿色的蚱蜢一起蹦到草叶丛中！

有一天，我打开一本《张晓风散文集》，细细品读，当我读到“小树叶儿都像上了釉彩，阳光的酒调得很淡，却很醇，浅浅地斟在每一个杯形的小野花里”，我的眼前似乎出现了那一片新绿，在阳光下呈现翡翠般的光泽，仿佛看到那草地上一大片一大片淡紫色的小野花。文字多么奇妙，像相机般记录着美丽的景色。

我喜欢文字里呈现的美景，更喜欢文字记录的故事。J.K. 罗琳让我仿佛跟随着哈利·波特，来到魔法世界，屏住呼吸，与他们一起欢笑、哭泣；沈石溪，让一个个动物温情故事在纸间传递；而曹文轩让我看到了从未见到过的伙伴，看到了从未见到过的草房子……一个个作家，他们用文字打开一个个不同的世界，让我惊异不已，让我沉醉其中。

渐渐地，我有了用文字记录世界的欲望，我想记录这个世界的美丽，也想记录这个世界的精彩。当我把班级的伙伴描写得活灵活现，大家在我的朗读声中笑着鼓掌时，我的心头涌上一阵阵快乐！这种快乐激励着我，我的作文不断发表在《宁波晚报》《鄞州日报》《银梦七色笔》上，在全国“小学生语文报读写”大赛中获得金奖、银奖。2018年，获鄞州区中学生现场作文（初一初二组）一等奖，第十五届“西湖杯”全国青少年文学大赛小学组小作家金奖。

这些成绩都是努力的结果，因为我热爱写作，写作同样回馈给了我意想不到的果实。

陈翊心

内容简介

她的写作好比初生的春树，一天翻出一个样儿。她是那么踏实，一步一步朝着文学花园的深处走来。她在文章里书写成长的感受，书写遇见的人，也书写一路所见的风景，这部分是在生活场域里行进的陈翊心。她书写童话、书写小说，也尝试重构古代文人的生活，这部分是轻逸的，在云中漫步的陈翊心。一个少女，她拥有最敏锐的心，随时感知人间的温度；她拥有最诗性的心，沉浸在美的空气里，每一次呼吸，她都能感觉到美在律动。

在这些文字里，你也能见到少年对生命最初的哲学打量，她开始思考人在世界上的秩序与价值，开始思考生命的轻与重，这样的探寻极富意义，将会触动一个生命朝着更深远的心灵疆域进发。有一天，她一定会明白，绕过物质种种阻碍，最后到达清澈的星空之下，接近心灵的高贵之思，才是生命更优雅的行进方式。

目录

CONTENTS

故事

足迹

故事

雨生百谷

我是谷雨

习惯被人遗忘，但不怨清明。

习惯和清明被一起提及，但永远是陪衬。

我是谷雨。

二十三节气

“清明！”霜降急忙跑过来，“清明，谷雨不见了！”“什么？”清明皱起眉头。霜降带着二十二个节气一起过来：“清明，是不是你把谷雨赶走了？”“不是。”霜降从霜花里取出信，“这是谷雨走之前留的。”信这样写：

二十三个节气：

我不一一打招呼了，对不起，我走了。不明不白地走，有些说不过去。你们想，我们是由老祖宗创造的节气，可现在还有人纪念我们吗？随着历史向前，我们不都一无是处吗？不，清明，你会被记得，在那一天，有人去扫墓；白露，你会被记得，有人写“蒹葭苍苍，白露为霜”；春分，你会被记得，孩子们可以在那一天立蛋……真正一无是处的，是我吧。我是一个被人遗忘的节气。

谷雨，不是节气。

从此，只有二十三个节气。

谷雨

遗忘巷

我走了，说不上逃跑。

因为逃避吧，我毫无目的地狂奔。泪水落在土地上，凝结成颗颗种子，灰色，毫无生气。黑夜，每一棵树孤独地刺向苍穹。我瘫倒在地上。“谷雨，你有什么用？”我一次次问自己。我都找不出一首诗词与我相关。那么，就让我被遗忘，忘记清明后的15天吧。正想着，太阳升起，惨淡得毫无温度，我看见一条巷子，牌楼上依稀写着“遗忘巷”三个字。整了整青衫，我急速地走过去。

“年轻人，你过来干什么？这儿是遗忘巷。”一位老者颤巍巍地走过来，见我不说话，他又问，“孩子，你叫什么？”

“我叫谷雨。”

“谷雨，你是二十四节气之一吧。”

“嗯。”

“先随我进来吧。”老者领着我进了一间小屋。

屋内，放满了皮影。花旦着一身绣衣，靛青裙上开出几朵粉色的牡丹，纤手着团扇，扇上画有绿叶芙蓉。头上簪花，点绛唇，杏眼微挑。武将披一身战袍，袍上绣上一只斑斓猛虎，手持一柄宝剑，剑上纹路丝丝清晰。头顶战盔，口欲喝，圆眼怒睁，我看呆了。

“年轻人，怎么样？”老者略带自豪，没等我回答，他便伤感地说：“没用啦，挂着也只是好看，现在哪有人去看皮影戏的，时代变迁，我要被遗忘喽！不瞒你说，我是灯影。这儿啊，还有糖人、汉服、梅花篆等人。”

“嗯。”

“你先在这儿住下吧。由梅花篆带你。”我随着老者出去。出了小屋，只觉一股梅香袭来。“别藏了，梅花篆！出来，见新朋友。”灯影老伯说。“什么事都瞒不了灯影老伯。”只见一少女从墙后闪现，笑盈盈的。她身穿茶白衣裙，裙上绣着五瓣梅花，花上仿佛有字，仿佛又不是字。“你带他去西院。”

“老伯，他是谁？”

“是谷雨。”

“谷雨？是二十四节气之一吗？”梅花篆瞧了瞧我。

我一声苦笑：“没错，一个没用的节气。”

踪迹消失

“怎么办？”霜降问道。

“还能怎么办？”惊蛰一声雷吼，“去找谷雨！”

“可我们也不知道谷雨在哪里。”清明说。

二十三个节气面面相觑。他们走出节气坊，看地上蜿蜒着一条小路。“看，谷雨的泪。”霜降拾起一颗灰色的种子，“顺着他的眼泪走，就一定能找到他。”他们顺着种子一路走着，发现在一棵柳树下，眼泪没了踪迹。四周空荡荡的，春风泼绿，洒遍山野，白鹭飞过，留下一痕素影，不见谷雨。

“谷雨——”清明大声喊起来。“谷雨——”大家喊起来。二十三种不同的声音回荡在山谷里。

“谷雨——”

“谷——雨——”

“雨——”

柳树的叶子在风中微微颤动着。

梅花篆

“你身上的花是字？”

“不是。”

“那是什么？”

“是梅花篆。”

“那不就是字吗？”

“梅花篆不是普通字，它是一种艺术。”梅花篆笑嘻嘻地说，“世界上所有的字都有它对应的梅花篆，每一个字都能开出一朵梅花。”

“这么美的字，我怎么不知道？”我问。

“因为我被遗忘了。”梅花篆怅然若失，“你不知道吗？来遗忘巷的最终，就是被遗忘。”

“什么是遗忘？”我问。

“遗忘呀，就是和人类死一样的感觉，因为这世上再没人记得你。”

我倒吸一口气，说：“你们不害怕吗？”

“害怕呀，但是每一种中国传统文化都逃不过被遗忘的命运，只是先后罢了。这样一想，也就不害怕了。”梅花篆说，“我教你写梅花篆吧。”白纸上渲染出朵朵墨色的梅花，风姿摇曳，婀娜多姿。“‘远看为花，近看为字；花中有字，字里藏花，花字融为一体’。此为梅花篆的要诀。”梅花篆抬头说，“谷雨，你为什么要到这儿来？”

“并不是所有节气都是有用的，你看，我是谷雨，说是雨吧，和雨水相撞；说是谷吧，又不是谷子收割的季节。”

“你是谷子播种的时节呀。”

“那是清明！”我的怒气一下子爆发了，“为什么这么多人拿我跟清明比较，人们都说‘明前茶，贵如金’‘清明螺，抵只鹅’，我永远都不如清明，为什么？为什么我从来都是被忽略的那个？”泪水又淌了下来，满地灰黑的种子。

“真是不中用的家伙！”我狠狠地骂着自己，推门而出。

忧伤的树

“我们四处分头寻找吧。”秋分建议道。

清明捡起柳树下的一粒种子：“怎么在这儿消失了呢？”

清明抬头看这棵柳树，浑身长着碧绿的青苔，古老得好像有几百年了。他倚靠在柳树上，柳树不说话，只感觉一阵阵忧伤传来。

没有人发现，柳树背后，有一个深深的疤洞，隐隐地显示着“遗忘巷”三个字。

真正的遗忘

这件事很快就过去了，慢慢地，我熟悉了遗忘巷里的所有人。我看见糖人弟弟手中跑出玉鹅，汉服姑娘每天穿着不重样的衣裙，灯影老伯兴致好时会为我们演出一幕《孙悟空大闹天宫》的皮影戏来。

“不好了，梅花篆姑娘，她……”糖人小弟匆匆跑来，灯影老伯霎时变了脸色，我们匆匆跑到小院里。

只见梅花篆脸色苍白，身体渐渐变得透明。

“怎么会这样？”我惊恐道。

“这个世上，唯一会写梅花篆的传人快要死了，梅花篆这种传统文化就要消失在这个世界上了。”灯影老伯痛心疾首。

“那么梅花篆姑娘呢？”

“一旦传人死去，她将被人们真正遗忘，消失在历史长河中了，你再也见不到梅花篆姑娘了。”

“博物馆里不是有收藏吗，她怎么可能被人们真正地忘记呢？”

“这个只是皮囊，古老的技艺若没有传承人继续传承下去，她是没有活力的。”汉服姑娘说。

“梅花篆，你不要消失，不要被遗忘！”我泪如雨下。

“被遗忘的滋味可不好受呢。”梅花篆努力朝我挤出了一个笑容。

梅花的香气渐渐淡了、散了，梅花篆的笑容逐渐模糊，她指了指桌上的镇纸，向我挥了挥手，像轻烟融入空气里，消失不见了。

我拿起镇纸，白色的宣纸上写着两个字“谷雨”，是两朵梅花篆，最后一抹花瓣的墨迹还未干透。

窗台上，一个素雅的陶花盆，一抔泥土，我的泪正在发芽，冒出青葱的绿叶，叶子上沾着晶莹的水珠。陶盆下压着一张绢纸：你从来不是最不中用的，你是我见过的最美的节气。

“雨生百谷。”灯影老伯说。

“可是，清明前后，种瓜点豆，播种的节气是清明啊。”

“你在清明后的15天，应该也有自己的使命，你只是没有发现而已，你不应该被遗忘。”

“你们都不应该被遗忘。”

使命

一天，我在田边散步，听到一个纤细的声音在喊叫："啊呀，鲁莽的人，踩到我身上啦！"

"你是谁？"我问。

"你是谁？能听懂我的话？"声音从我脚下传来。

我抬脚，看见一颗种子，"我是谷雨，你是谷子吗？"

"不是，我是丁香的种子，我的曾曾曾祖父说过，谷雨是个穿青衣的少年，这么多年过去了，你一点儿也没变呢！"丁香种子说，"谷子这种种子很懒，它们都在田地里睡觉呢，你要唤醒它们，它们才会醒来。"

"我怎么能唤醒它们？"

"我不知道，你试试看吧。"

"醒来吧，谷子们！"我大喊一声，谷子们还是一动不动，静悄悄的。

依稀想起，在节气坊时，我曾与清明一起学习种子物语和调配雨水，那是很久以前的事了，节气坊里的时光流逝得很慢，几千年了，我依然是青葱少年。我试着捏起一颗谷子，轻轻点了它几下。种子被吵醒了，很不耐烦地打了个哈欠，看见我，有所警惕地用它细小的根须扒住我的手指。迟迟不见它发芽。"你为什么不发芽？"我问。"要不要发芽，看我们的心情。"种子说。"那可不行，怪不得这几年收成少，原来是你们在捣鬼。"我又说。"要你管！"这颗种子看来是个暴脾气，大嚷着，吵醒了田里的种子。种子纷纷叫着：“管不着，管不着！”

“你们为什么不肯发芽？”

“当种子多好，可以无限吸收营养。你知道当嫩芽突破种皮有多疼吗？我们才不要受那个罪！”

“可是，每一颗种子的使命就在于长成秧苗。长大后，你们会发现自己与众不同，会看到自己的价值。”

种子安静了。

“那你的价值呢？”一颗种子反问道。

我心中“咯噔”一下。是啊，我的价值呢？我抱着试一试的心理，还打算说服种子。

“我，谷雨，其实一直没寻找到自己的价值，我迷茫、失落。清明比我有名，比我聪明，比我强。我什么也比不上他。”我稍稍停顿了一下，深深吸了口气，“但我知道，我是谷雨。”

泪水决堤，滴在肩上，开出几串堇色地丁，泪声中，少年的声音由颤抖到坚定：“我是谷雨，二十四节气中唯一的谷雨。我不会做什么，也不及清明，但有自己存在的意义。”

刹那间，我终于明白了梅花篆姑娘的用意：我是谷雨，我做自己。

种子沉默了。

过了几秒，只听种子略带歉意，轻轻说：“原以为自己的痛苦，远远超过你的苦楚。现在看来，我们担心的长大只不过是小小的历练罢了。让我们来帮助你，谷雨。从此，你的能力是使我们生长。”一只偷听我与种子对话的戴胜“咕咕”飞来，表示也愿意帮助我。

结语

山谷，寂静。

依稀听到一阵呼喊声由远而近，“谷雨——”“谷雨——”

少年着翠衣，肩停戴胜，以指尖微拂种子，青衫微摆。一棵秧苗破土而出，继而无数秧苗破土而出，铺满山谷。风簌簌滑过秧叶，像波浪一样奔涌，蓝色的云影追逐奔驰，每一棵秧苗都焕发出前所未有的釉绿光泽，风中微语。

二十三个节气都到了，谷雨的身子微微颤抖，他背过身子，捧着秧叶上的字，轻轻念出属于自己的诗词：

“戴胜降于桑，萍始生，鸣鸠拂其羽。”

后记

节气坊里，种起梅花。戴胜摇着头上的翎羽，嘴里衔一封信，上气不接下气地“咕咕”讲述。谷雨打开传信的四季海棠，取出信：

谷雨：

喜报，我速回。一切安好，勿念。

清明

谷雨回到节气坊后，便把遗忘巷的故事告诉了清明。清明打算帮谷雨一起寻找这些失落的中国文化。青衣少年翩然，淡淡一笑。戴胜不满地直叫，谷雨抚了抚鸟儿的羽翼，轻轻道："今天放你一天假，不必给我传信了。"戴胜欢脱，一下子飞跑。

少年谷雨仍提笔蘸墨，屏息凝神，染下一朵朵梅花篆字。他坚信，梅花篆姑娘会回来。累了，放下笔，谷雨走进小院，呼吸新鲜空气，只觉肺腑如洗。

清明写的"喜报"是什么，谷雨静静思忖。

不大一会儿，清明领着几个人匆匆赶到。谷雨闻声连忙出来迎接，"是……灯影老伯！……还有糖人小弟！"谷雨失声叫起来："清明，你怎么做到的？！""这个嘛，秘密。"清明眨眨眼，什么也不多说。

大家正互诉经历时，梅香袭来。谷雨急回头，熟悉的身影出现在眼前。"算惊喜哦！"清明狡黠地笑笑。那是梅花篆。

"谷雨，好久不见。"

"好久不见。"

似有万语，只汇成一句简单的"好久不见"。谷雨决定，从今往后，节气坊里要多几间"非遗"小院，要建一条"非遗"文化巷，样子最好和遗忘巷大致一样。他坚信，失落的文化不会失落太久，每一种文化都值得铭记，要做的事还很多，但日子也很长，毕竟嘛，未来可期。

看见

我有些不适应。当眼前的颜色由黑转彩，我是盲人，我亦不是盲人。

我走进一家餐厅。服务员认得我，我是盲人。“瞎子，点什么？”“一样。”不一会儿，一碗米饭端了上来，我开始细细观瞧。米饭的颜色与我以前见到的全然不同，这是一种干净的色彩，米粒的晶莹，是完全不同于以前的。我抬头，天的色彩与米饭不同，天的色彩是浩荡的。我低头，桌布的色彩是明亮而活泼的。那么，米饭的颜色叫干净，天的颜色叫浩荡，桌布的颜色就叫明亮吧。

我走进一家衣服店。第一眼，我就看见一件浩荡色的衬衫。我看了看口袋，发现里面有一种鲜艳的纸。这种纸，我听家人说，叫钱。这又是一种新的颜色。好吧，我又要命名了，这种上面画着一根油条、两个蛋的纸的颜色，叫鲜艳。

“喂，我要一件干净的。”我说。“这里的衣服都干净。”一个人道。瞎说，这里除了干净色，还有浩荡色、明亮色、鲜艳色，我心想。“那给我一件浩荡色的也行。”

“什么？”

“连浩荡色也不给？行吧，我要明亮色。”

“你是来砸场子的？”一个人怒气冲冲地奔我而来，我吓得赶紧逃走。那个人也紧跟着出来，追上我后一连揍了我好几拳。

我委屈得大叫：“明明有干净的衣服，不给。连浩荡和明亮也不肯拿出来，还打我！”

“就打你个疯子！”

“别打了。”一个婆娘走出来，“你不知道吗？他是个瞎子！”那人才住了手。

走在街上，我又开始给颜色取名，树叶就是桌布的颜色，那就还叫明亮；小女孩儿的裙子和桃花一个颜色，那就叫裙子。黑色我知道，家人说了，我眼前的颜色叫黑色——可现在不一样了，我突然能看见了。我漫无目的，走进了一个胡同。

忽然，胡同里出来了三四个穿黑色衣服的人。“抢劫！”他们大叫。劫是谁？干什么要抢？说话间他们来到我跟前。“劫财！”他们喝道。

“我没有财。”

“搜！”他们从我口袋里拉出那张纸。“这不是有财吗？”

“我确实没有财，我有的是钱。”

“哼，给我打他！”说着话，我又被打了。

“你说，他会不会报警？”

“不会，这小子是个瞎子，来这儿，认栽。”

就因为我是瞎子吗。

就因为我是瞎子吗？

就因为我是瞎子吗！

有一种水从我眼睛里淌出，我不知道这是什么，也不知道为什么伤心，可能就因为我是瞎子吧。我栽倒在地，遍体鳞伤。

一阵悠悠的叮当声。

那是什么？

是卖糖人的。

女孩儿清亮的嗓音在回荡，“卖糖人啰，现吹的糖人啰！”到我跟前，她停下了，仔细地瞧我。

“我是瞎子。”我说。

“你被人打了？”

“因为我是瞎子。”

姑娘从兜里掏出药，把我手上的鲜艳色擦了擦，把我脖上的鲜艳色擦了擦。“你不介意我吹糖人吧？”

“不介意。”

只见姑娘舀起一勺糖，快速揉捏，把糖开个口子，轻轻吹起。一只半透明的鹅便鼓起肚子。这糖的颜色我没见过，我也没心情取名。

“喏，现吹的，还温的，给你吃。”

我接过来，一口咬下去，小鹅的身体便支离破碎。“是因为我是瞎子吗？”

“嗯？”

“是因为我是瞎子，才会有药擦、有糖吃吗？”

“这个，不是。看到有人有困难，我都会给他免费的糖人，不是施舍，也不是觉得可怜，只是我觉得我应该这样做。我很傻吧？”姑娘笑了。

内心有一种安宁升起，我不再伤心了，抬头看姑娘，她那么可爱。“不，你不傻。”

我决定了，这种糖的颜色，叫温暖；那位姑娘，叫感动。抬头看浩荡色的天，我不孤独。

当世界重新绚烂。

月光小镇

好想知道我们失去的东西，也会难过地想要找回我们吗？

——题记

（一）

很静。

月光透过稀疏的叶子，筛下一地碎玉。

我向东南走了3285步，忽然从草丛里蹦出一只兔子。“欢迎来哦，月光小镇！”它说。它伸手将一片月光递到我手中。“每一片月光都是有不同含义的。”我的月光泛着白青，白青下却有什么在涌动着。

兔子的声音被黑夜一口口吃掉。

（二）

不是什么特别的地方，中学的班级有许多形色之人掺和在一起。一下课乌七八糟的声音便回荡在空气中。

烦。老师布置的学校作文题目是：童年。我坐在窗前，月光如泻。

（三）

“这么说来，你一天开三次茶话会？”我问。

兔子抬起爪子，给我倒了一小碟茶：“是的，我喜欢。”

“你为什么要把毛染成粉色，不觉得这样很可笑？”

“我本来就是这个样子的，你不是很喜欢粉色吗？”

“胡说，这么幼稚的颜色，我从来就没有喜欢过。”

“你从来没有喜欢过？”兔子喃喃，惊恐地问，“你真的忘记了，忘记一切了吗？”

“我忘记什么呀？”我笑着说。

兔子别过脸去。

（四）

“童年，童年。”我喃喃着，却想不起任何关于童年的事。记忆仿佛是一片空白。水笔在纸上停了很久，渗开了一个小小的墨点，却勾不起我任何回忆。

（五）

兔子哭了。它抽噎着。我不知道它为什么哭，也不知道怎么安慰它。过了一会儿，兔子别过脸来，挤出了一个干硬的笑：“你叫我声兔兔吧。”我觉得这个名字特别肉麻，但是为了安慰它，还是叫了：“兔……兔兔。”它笑了，笑得那么灿烂。“我带你去月光小镇最美的地方。”它牵着我的手，来到一棵樱花树下。“谢谢你。”兔子双眼噙着泪，“谢谢你做了这么多。”我愣住了，兔子的身体在慢慢变透明，缥缈的声音在空中回荡，“你知道吗，每一个毛绒玩偶都有它自己的灵魂。它若被主人喜爱，它就不会消失。最可怕的是遗忘，它会使我们的灵魂破碎。”兔子烟粉色的身体再度变淡，“谢谢你，陪我度过了一段美好的岁月。”

“不！”我大叫着，努力思索着，遗忘的反义词，是记住。我紧张地思考着，我想起来了，一只兔子，是我最喜爱的。它的浑身——是粉色！我曾和它一起闹一起笑，一起开过茶话会，茶话会的时间，是一天三次！我曾在樱花树下给它起名字，起的名字，是“兔兔”！我抬起头看见兔子的身体在慢慢变深，逐渐恢复了。刹那间，我想起了很多，我想起我喂兔子水喝，明明知道它喝不了，还一直固执地舀；我想起我和兔子一起跌跌撞撞地向前，跌倒了顾不得自己，问兔子疼不疼。兔子哭着笑了，我笑着哭了。

我的月光从口袋里飞出，白青在一点点儿破裂。月光顿时爆发出绚烂的光彩，我的月光的含义是童年之回忆。丁香色、葵色、碧蓝色搅着，温润而炫目。

我握着笔，文思泉涌。

我抱着兔兔，泪如泉涌。

笔似乎一开始，就不知道停下。写完作文，我从柜子里

找出一只绒兔子，并郑重宣示我不会忘了它。妈妈问我，是不是疯了。我说，我在找童年。恍惚间，我看见一个小女孩儿咯咯笑着，牵着一只粉红色的兔子，向我奔来，融入我的身体。身体内有一种声音叫着，我终于找到自己了。

刹那间，我听到了月光流淌而下的声音。

纸船

一张淡粉的纸，遇水，命运只会是惨败，而如果将小小的纸折成一只小小的乌篷船，拈起，缓缓放入一杯澄澈的水中，小纸船轻轻摇晃，“湖面”泛起点点涟漪。纸船并没有沉入水中，只是在水上摇摆。同样一张纸，为何命运不同？因为它们选择了截然不同的人生。

柔软的纸是懦弱的人，遇到不顺，遇到灾祸，只会像纸一样无缚鸡之力，遭到水的打击后，柔弱无力，怨天尤人。小小的纸船则是勇敢的人，改变自己的形态，适应当时的环境，久久浮在水面上，不沉沦，不悲泣，打着坚强的旗帜，在水面“乘风破浪”！

写到这儿，我想起她来，我的好朋友小凡。有段时间，她突然从我的生活里“失踪”了，当她再次出现，却给我带来了一个故事：

“去年寒假，你以为我失踪了，其实我只是不想让你担心。”小凡说着，微微地低下了头，仿佛做错了什么事。

“那些日子，你知道吗？你在找我的那些日子，我正躺在医院的病床上。我无法忘记那于住院部度过的168个小时。被陌生人推进手术准备室，头顶的灯一亮一闪，望着红底白字的‘13’号，心里装着的只有害怕。穿着肥大的手术服，盖着厚厚的墨绿色大被，医生在我脚上正打着‘滞留针’，一阵撕心裂肺的痛，没打进，再换一只脚，又是一阵撕心裂肺的痛，眼泪没忍住，扑簌簌往下流。终于打进了，医生走了，留下我一人，空荡荡的走廊，实在害怕得慌，告诉自己别怕，可一点儿用也没有，恐惧像在心里扎了根。门开了，他们又将我推进了手术室。屋顶是深深浅浅的蓝色，安抚着我的心，八个医护人员正在手术台旁忙里忙外，各种机器‘滴滴嘟嘟’地乱响。一位医生走了过来，给我戴上了口罩。

“一片寂静后，我就什么也不知道了……

“醒来，发现自己早已被推出手术室。见了家人，还有些晕乎乎的。躺在医院的病床上，伤口一阵阵痛，痛得咧嘴，痛得说不出话来。我强忍着泪。医生说6个小时不能睡，明天才能吃东西。挂着葡萄糖盐水，又不能喝水，渴到嘴唇几乎干裂。肚子里一阵阵地饥饿，鼻子插着管子，难受极了！好不容易熬到11点，却睡意全无，到了凌晨3点才睡着。第二天又是挂盐水、换药，每天忍着痛。我昂着头，不管手臂不能动弹，不管伤口阵阵疼痛，我不服输，我要坚强！家人们都称赞不已，想不到我小小躯体里竟隐藏着这么大的力量！

“多少小时，多少天，我无时无刻不想着回家，一遍遍在脑中思索着‘回家’这个词。病魔也许看到了我的坚强，终于放了我一马，我出院，我回家了！虽然还不能抬手拿东西，虽然伤口还未痊愈，但我清清楚楚地明白，我克服了病痛。我又见到你了。”

说完后，小凡的眼眶湿润了，抬起右手快速地擦拭了一下眼睛。

听着小凡的故事，我忍不住心潮起伏，她不正如一张折成小船的纸吗？因为折叠，因为未曾悲泣，才未曾沉落。纸虽柔弱，可变坚强。

人若一张纸，不折则懦弱，折则坚强。在遇到灾祸与病痛时，记得选择做一只纸船，哪怕那么小小的一只。选择做纸船的人，历经风雨灾难，总会见彩虹；走过泥泞崎岖，总会遇到最美的风景。

难题

“小李，你跟冬木说一声，他父亲得重病了，叫他赶快回老家，不然连最后一面也见不上了。你好歹是他朋友，跟他说一声，委婉点。”领导拍着我的肩，肩上立刻重重地挨了两下。什么？这等差事居然到我头上来了？叫我怎么开口？我心里想着，脸上可不能露出半点不高兴来。我小心翼翼地回答：“保证完成任务。”

领导满意地点头说：“好！”扭头走了。

走在路上，我气不打一处来，踢着路上的石子，冬木他老子生病和我哪有半毫关系，偏偏叫我干这事，晦气！想着，我对着路面狠狠地啐了一口。回到家，我打开门，又“砰”地关上。妻子正从阳台收衣服，抱着一堆衣服来到客厅。

“今天领导叫我过去，派了个任务！”

“那敢情好！”妻子迎了上来，“什么任务？”

“什么任务？哼，叫我和冬木说他老子快死了，还要委婉点。”

“哟，冬木他爸啥病啊？这么严重？”

“别提了，你帮我想想，怎样说才行。”

妻子正要说话，只见儿子从书房跑出来，“爸，你来得正好，帮我瞧瞧这道难题！”

“滚！”我怒道，“老子的难题还没你难？”儿子立刻像霜打了的茄子——蔫了。

第二天，我特意在大门口等冬木，只见他浑身上下精神抖擞，脸上黑里透红。我讪讪地走了过去，说了声：“早！”冬木也跟我道了声早。我清了清嗓子，说：“你知道吗？有一个诗人文天祥说过，人生自古谁无死……呃，你爹岁数也不小了吧？”

“什么？”冬木朗声大笑，“你小子别跟我扯淡！”

“但是，人总是要老掉的，说不定你父亲……”没等我说完，冬木的脸变得红里发黑：“你有事没事诅咒我爸，他老人家我前一礼拜才去看过，好得很！”

“是啊，是啊，但人有不测风云，每个人都有祸福，说不定什么时候轮啊轮，轮到你爹头上。”

“你要是再咒我父亲，我跟你没完！”冬木一把拉过我的衣服，提了起来。他气得鼻子吭哧吭哧的。

“没错，但……”

“你别给我但，有事给我说明白了！”

“人去世分很多种，比如生病，生了重病的话比较难医治，比如说……”

“谁？”

“比如……你父亲。”

“好啊你！”冬木对准我的肚子一拳，“说话不明不白，你给我绕什么？我跟你断交！”他说完就走，只留下我一人发怔。不是说好的吗，委婉点？

难题。

难题。

难题！

寻找

不容易啊，花了两个月的时间，家才恢复了家原来的模样。

想起前些日子，偶然发现覆满灰尘的小角落里那支“派克”笔，笔早已和地表的灰尘“融为一体”了。忽然，我心中一惊！那被遗忘的文章，那还没有讲完的故事……我朝着垃圾桶奔去。

像只饿狼般，我扒拉着垃圾桶，顾不上桶里的酸臭味，周围人纷纷用像瞧见了一个疯子的眼神盯着我，要在平时，我一定恶狠狠地回瞪过去，可是这次例外，我那前些日子丢掉的大衣里藏着稿子。翻完整个垃圾桶，连个碎衣角也没找到。正当我后悔莫及时，只见收垃圾的老婆子晃动着身子，慢吞吞地一摇一摆地走来，颇有鸭子的架势。或许，她知道些什么。

我耐着性子，等她挪移到跟前，堆起笑问：“阿妈，见没见过一件大衣？黑里泛黄的那种？”

“那……啥？大……声……点。”

“阿妈，见没见过一件大衣？！”我喊了出来，街坊邻居再次用看待疯子的眼神盯着我。

“哦，那件……大衣……很……得体。”老婆子想出了一个自认为很体面的词语，“给我儿子了。”她说话的样子让我想起了树獭，我很惊讶她最后一句居然没有一点儿疙瘩。

“那你老人家的儿子，在哪里住？”

“记不清了，好……好……像……青街……青街弄……三十……三十三……号。”

很好，我朝着巷子一路狂奔，好几次踩着石子，几乎绊倒。终于，到了。

破门而入，一个瘦小精明的中年男子，抑或看不起灰头土脸的我，满脸蔑视，他的头昂得老高，使我能看清他的牙齿背面，牙背是棕黄的，像包裹了松子外那一层薄皮，满口“松子牙”的男子开口了：“你是谁？有啥事？”

“那件大衣，那件你妈送你的大衣，口袋里的纸，你还留着吗？”

“大衣嘛，还在。纸，我忘了。”

“行行好，给找找吧！”我从衣服里掏出一张钱来递了过去。他那傲慢的小眼神忽然发出绿光来，嘴也不由得张开了。他的手不由自主地伸了过来，又故作矜持地缩了一下，搓了两下手指接了过去，喃喃自语道：“嗯，应该是给我女儿折纸飞机了！”转头，他朝着一个房间大叫：“囡囡，出来！”

一个六七岁的小姑娘走了出来，我急急地说："你折飞机的纸头在哪里？拿出来给叔叔好吗？"

女孩儿跑进屋子，拿出一沓纸，我一数，正好21张。便道："不打扰了！"

哼着曲子，我迫不及待地打开了泛黄的纸。钢笔的黑墨，已经变得很淡，青色的字，青色的言语，我热泪盈眶，读起了属于自己的故事……

假如动物主宰了世界

你一定去过海洋世界看过海洋动物那拍手叫绝的表演吧，你一定到过动物园欣赏过围栏里那高贵的孔雀与可爱的小鹿吧，你一定吃过鲜嫩可口的鱼肉吧，你一定穿过价格昂贵的羽绒大衣……可是在你看演出、吃动物、穿羽绒衣时，你一定没有考虑过这些动物的感受吧。你一定没有看到过那些动物在训练时被一根皮鞭鞭打出来的伤痕，你一定不能体会到养在围栏里不能自由奔跑和飞翔的痛苦吧，我想你更没有感受过自己被割成一片片肉或者自己的羽毛被拔下来那撕心裂肺的痛楚吧。假如有一天，动物们成了这个世界的主宰，又会是怎样的呢？

假如动物成了世界的主宰，你一定会看到这样的场景：在市场上，一头肥猪正在大声吆喝："卖人肉了！卖人肉了！新鲜好吃的人肉喽！"另一头猪走过来问："人肉多少钱一斤？"猪商贩说："不贵不贵，一斤人肉十五块！"于是猪顾客说："好，给我来四斤。""好嘞，我们这家店可是新鲜活杀的。"猪商贩一边说，一边给一个人松了绑，把他按在"杀人板"上，开始切了起来。"啊——"那个人开始痛苦地号叫，可是号叫没持续多久，那个人的脑袋便蔫了下去。眼睛也变得无神了。“欢迎下次光临！”猪商贩把人肉装进袋子里，一边笑盈盈地说着，一边把袋子递给猪顾客，猪顾客满意地离开了。

猪顾客走在路上，迎面碰上一只狐狸，狐狸说：“猪先生，你这是刚从市场回来啊？”猪顾客说：“是呀是呀，我刚买了一些人肉，准备煮熟了吃，哟，狐狸小姐，你是哪儿买的这件衣服？真漂亮！”“是吗？”狐狸小姐摸了摸自己的大衣，得意地说：“我这件大衣是从隔壁的时装店买来的，还是人皮的呢！虽说价格昂贵，但挺时髦！”

猪顾客和狐狸又聊了几句，便各走各的道了。

猪顾客回到家后，把人肉变成了几样菜后，等待前来拜访的狗先生。“叮咚！叮咚！”门铃响了，猪开了门，狗站在门口，跟以往不同的是，狗还牵来了一个戴着项圈的人。猪一边说“请进请进”一边把狗领到了桌子旁，它俩吃过人肉大餐后，便开始闲聊起来。猪看着狗牵来的人说：“多可爱的人呢！”狗说：“是啊，是啊，我是从宠物店买来的。”它们聊了不久，突然听到人叫了起来，狗赶紧说：“不急，不急，等主人聊完后再带你去遛遛。”说着，给人一点儿食物。人吃了食物后，慢慢安静了下来。猪和狗聊完后，狗便牵着人说：“再见，我要去‘遛人’了。”猪也说道：“再见！”

你看完后，会不会觉得这个世界十分可怕？残忍的人类啊，这不就是你们做的一切吗？我要告诉你们，适可而止吧，不要对动物再做任何伤害了！

清明

清明，又到了一年杜鹃花开。

朵朵杜鹃如只只纤巧的蝴蝶，绽在枝头，染遍山野，粉得凄美，粉得无助，粉得无精打采。

像我刚刚去世的太公。

“今天，你太公死了，我要去一趟外婆家。”

“什么？”我差点喷出牛奶。

“你太公走了，我要去趟外婆家。”

犹如晴天霹雳！明明上次去看太公，他还好好的，只是92岁的老人有些孩子气。这次怎么会？妈妈还说明天要去参加仪式，急匆匆地走了。我的思绪杂乱无章。

第二天下午，阳光明媚。暖风吹拂，很舒服。仿佛我不是去奔丧，而是像以往一样到阿太家玩耍。到了芝山，门外挂着白色的纸糊灯笼，贴着白纸黑字的对联。惨白的纸上书写着墨黑的毛笔字，倒是相得益彰。几个尼姑模样的人士正坐在椅子上，口中念着同个音调的梵文，折着纸钱，配着木鱼清脆的声响。太公躺在床上帐子中，太公的脸用一张白色的正方形纸盖着，纸的上面写着大大一个“奠”字。

天边血红的残云在悄悄退去，天空从淡蓝变成深蓝，从深蓝化为墨黄。外公外婆头上绑着白色的布条，妈妈爸爸戴了形似斗笠的白帽，我戴了一顶黄帽。

打起锣来了。锣每敲五次则频率加快一下。每次十二下，每一下都颤动我心。

喇叭吹起来了，那凄凉的曲折的声音，飘荡在夜空中。音乐震动我的耳膜，唤起我对太公所有的回忆：

太公带我去小溪边舀鱼，太公为我们烤了一整夜的笋，太公挖起泥土里的一个个土豆让我们带回宁波……

鞭炮响起来了，每一次升空，都炸出震耳欲聋的两次声响，鞭炮过后，一地碎红。

帐子被掀起，盖纸被拿开，我看见太公了。

拈一个纸钱，绕着帐子走。太公静静地躺着，面色略带黄，平静地闭着双眼，头枕在绣花粉红高枕上。这是希望他高枕无忧吧。他的一生是坎坷的一生，是勤俭节约的一生，是平凡无奇、朴实无华的一生。走过漫漫人生路，太公，您一定累了，想要合眼，永远地休息了。外婆哭了，妈妈哭了，我也哭了，只是无声无息地滴泪。有人说节哀顺变，我不愿意，什么化悲痛为力量，我做不到，与其假惺惺地安慰，还不如真挚地宣泄，千言万语都化为一串串晶莹的泪。主持人叫几人抬来一口黑漆杉木棺，在里面放上太公春夏秋冬所有的衣裤。

“棉袄、棉裤、毛线衫有吗？”

“有！”

“汗衫、秋裤、衬衫有吗？”

“有！”

“短袖、短裤、毛巾有吗？”

“有！”

……

我们答出一个个“有”字，毫不迟疑，斩钉截铁。

主持人念的一大段关于节哀的东西，我已淡忘。但只听见一声：“请外孙女一家跪拜！”

我轻轻跪在地上，双膝跪地，双手合拢，捧着一支冒着缕缕青烟的香，俯下身子，额头触地，发出轻微的声响。一个磕头隐藏了多少话语，却又能胜过千言万语。屋内，一只飞蛾正执着地撞向一盏摇晃的灯……

不久之后，太公会到山上去，会长眠在漆黑的泥土里。

终于能回答那个旷世难题了。

我从哪里来？我到哪里去？

就像太公，人从自然中来，最后也回归大自然去了。

风波

班主任老师宣布本学期开始，每天都要穿校服，班上有好些同学心里都反感这件事，有些同学勉强地把校服套在自己衣服上面，等班主任一走，又脱了下来。

一

班主任疾步走过去，问其中一个同学："你这校服是穿给我看，还是穿给你自己看？"

"不是，老师，我这人特怕冷。"他以史上最强演技装委屈。

老师深吸一口气，呼出两道无形的气，硬是配合他演下去："你说，怕冷，刚刚我怎么看到你把拉链拉下？"

"老师，这不刚跑完操，我人热了，所以想脱掉啦！"他还是皱着眉、嘟着嘴，满脸憋屈。

"那你为什么在里面又穿了件衣服？"老师生气犹如火山喷发前，无形中将一切化为炽热。"要上体育课啊！体育课又跑又跳，热得不得了，脱件衣服，里面还有一件，既保暖又舒服。”他面不改色心不跳，这谎撒得要多真实就有多真实。

老师再也没有心思跟他绕弯了，开门见山地说：“学校规定穿校服你就穿，好好穿，别给我耍滑头！把你这点小聪明放在学习上就好了！整天花这些小心思，别以为我不知道！”

“噢。”他嘟囔着，满脸不服气。望着老师气冲冲的背影，露出了一丝狡黠的笑。

二

班主任疾步走过去，问其中一个同学：“你这校服是穿给我看，还是穿给你自己看？”

“我……”她的双颊化为绯红，低下头，不敢抬头直视老师。她的眼睛不停眨，双手不安地绞着衣角，时不时咬咬嘴唇。

“下次别这样好吗？”老师依旧不失风度地说，话里有了一丝语重心长。

“嗯。”她微抿双唇，眉毛紧锁，好像有些自责，衣角也被揉得皱巴巴的。

她小心翼翼地抬眼，发现老师走远了，这才挪着步子走进教室。

三

班主任疾步走过去，问其中一个同学："你这校服是穿给我看，还是穿给你自己看？"

"嗯……我……我看见他们……穿了，也……穿……嗯……穿了。"好不容易地憋出了一句话，他忐忑，他焦虑。老师会怎么收拾他呢？在这么多同学面前，这次可丢了大脸了。

"你真让我失望！"老师的话中带了一丝恶狠狠，扭头便走。

沉默不语的他转头望了望同学，只见他们盯着自己，像盯着一个小丑。瞧瞧肩上，挂的不再是白底红条的三杠，而是无形的"榜样"二字。这两个字，重如千斤，把他压得喘不过气来。

"想不到班长也有今天！"

"哈哈，认尿了吧！"

"你们看他有多难过！"

……

耳畔是一阵幸灾乐祸的笑声和一丝察觉不到的啜泣声。

礼物

“爸，明天教师节，送什么礼物给吴老师呢？”

“送罐茶吧，这是今年的茶，新鲜！”爸爸说着，拿起茶叶罐掂了掂。米白色的瓷，配上一小盖，罐身是墨黑色的荷叶田田，与一朵朱红的荷花，罐头精致玲珑，茶叶飘香，是份别有情调的礼物。我捧着一罐茶，放进书包里。

第二天，我便将这罐茶送给了吴老师。

转眼就要过年了，奶奶收拾了一些吃不完的菜，还有一些我穿不下的衣服，准备送给楼下那个保洁员，收拾小区垃圾的那户人家。她让我帮她一起送去，一路上教育我要勤俭节约，要知足。

他住的是一间小屋，门敞开着，房子里感觉堆满了东西，灰扑扑的。见到奶奶，立刻迎了上来：“哟，又来送好东西了！别送了，上次的还没吃完呢！”我环顾四周，靠墙是一张角落破损的桌子，电饭煲，几副碗筷。忽然，我发现，角落里有一个东西似乎很眼熟，细细一看，米白色的茶叶罐，跟我送走的一模一样！我呆住了，又有几分惊诧！

他发现我目不转睛地盯着这个茶叶罐，忙拿起这个罐子说："挺好看吧？"

"好看！"我低语道。

"送你吧！"

"不是，不用！"

"不脏的。"他生怕我不接，"这是我老婆在学校清扫卫生时，老师给的空罐子，你们人那么好，就当这是我的一份心意，接了吧！"他的脸上浮出一丝笑意。

我怕不接会伤他的自尊心，不得不从他那满是老茧的手中接过，还是那样别致和美丽，抚摸还是那样的质地，白色的瓷罐光可鉴人，打开盖，茶叶已经没有了，茶香依旧扑鼻袭来，我手捧着的不是一个空茶罐，而是一份沉甸甸的情。

这个空空的茶叶罐又回到了我家的茶几上。

螳螂的一日

我，是一只螳螂。身披一件翠绿的新衣，头三角形，上面长着两根又细又长的触角，外加四条细竹竿似的腿，不过最使我骄傲的，还是那一对锯齿形的“大刀”，这对大刀锋利无比，在阳光下绿光闪闪。

清晨，我从洞中出来，阳光照在我身上，感觉暖暖的。我爬上一株青草，喝了一口甘甜的露水，捕捉了一只小苍蝇——这便是我的早餐。我吃饱了，决定去外面走一走。

我走在草丛中，抬头望，一棵棵“参天大树”出现在面前，碧绿的叶子简直比我的身子还大。树上挂满了硕大无比的果实，果实上的露珠还在向下滴着。我看呆了。忽然，草丛中蹿出了一个脑袋，我吓了一跳，仔细一看，原来也是只螳螂呀！只见她摇动触角，摇晃身子，这是她向我问好，我也向她道了个早安，继续漫无目的地走着，我的肚子却叫了起来。嗯，是时候狩猎了！

到了正午，太阳火辣辣的，我又热又饿，可就是找不到一只虫子，在叶片上？没有。在大树上？也没有。我走呀走，终于找到了猎物。

这是一只灰黑色的蝉，在树皮上唱着歌，要不是我的“火眼金睛”，肯定找不到他。我慢慢地爬上了树，趴在树干上，说时迟那时快，我伸出了大鳌，可那只可恶的蝉，竟然跑了，我一边生气，一边自责，真是“心急吃不了蝉”呀！我又苦苦搜寻，功夫不负有心人，我又成功地找到了一只蝉，比前一只更硕大，看起来更美味。这下我可耐心多了，先从蝉的左侧爬上树，等蝉放松警惕，我便猛扑过去，用大鳌一把钳住。等它反应过来，哼哼，它早就是我的“盘中餐”了！吃完这只蝉，我又尝了一些“甜品”——几只小果蝇，方才不饿了。

我一路走着，忽然，天空中出现一只鸟，正在搜捕猎物。我的心“咯噔”一下，赶紧躲在草丛中，不知是我的保护色在草丛中起了效，还是那只鸟儿饿昏了头，我总算逃过一劫。

傍晚，夕阳西下，东边已经星辰点点。我入了洞，做了一个甜甜的梦。

火柴公主

在一个遥远的国度，有一位乡下的小伙子，因为家里穷，只能靠着一家小店来维持生计。

一天，小伙子上山砍柴，一不小心迷了路，恰巧下起了瓢泼大雨，他见远处的山洞边有间破茅屋，便冲了进去。

“吱嘎”一声，门开了，屋子里黑漆漆的。小伙子摸了摸口袋，他只带了一包火柴，幸亏藏在贴身口袋里，没有被雨淋湿。他划着了第一根火柴，把房间照亮了。茅屋中有张小桌，桌上有一个烛台。他点燃了烛台，屋子里亮多了。忽然，他发现桌上有一张发黄的纸，纸上写着：“救救我们，请进入山洞沿着那条石子路走。”出于好奇心，小伙子带着烛台，拿上那张发黄的旧纸片，向山洞里面走去。

一条石子小路，弯弯曲曲，一直延伸到黑黑的远方。小伙子一路小跑着，出了山洞。山洞外一片迷蒙，只能看见一些树的轮廓。他捡起地上的一封信，就着烛光读了起来：“谢谢你遵从前面的请求，现在请你在第二棵栎树下左转。”于是小伙子摸索着，到了第二棵栎树下，小心翼翼地左转着。

“吼！”一声吼叫，把怀揣两封信的小伙子吓呆了，一只黑熊，愤怒地咆哮着。小伙子害怕极了，他大喊道：“我是按照信的指示来的！”黑熊一下子愣住了，然后友好地伸了伸爪子，示意小伙子过来。小伙子心想：这是一只懂人语的熊。正想着，黑熊指了指自己的皮毛，又看了看小伙子。小伙子会意了，原来黑熊需要温暖。小伙子摸了摸口袋，那包火柴还在，他取出火柴，拾了些枯枝，把枯枝点着了。火光映在黑熊脸上，黑熊觉得温暖极了。过了几分钟，黑熊吼了一阵，走了，不一会儿，它带来了一把剑，这是一把寒光闪闪的剑，剑上挂着信，黑熊点了点头，仿佛表示谢谢，然后离开了。

小伙子打开第三封信，信上写着：“这一定是黑熊给你的礼物吧，好，现在请一直往前行走。”小伙子带着三封信、一把剑，向前走去。

小伙子走着走着，被一片荆棘挡住了去路，可信上说要一直往前走，于是小伙子用宝剑去砍荆棘，荆棘划破了他的脸，他依然砍着，不知倦，不知痛。直到砍出一条路，他便走了过去。

第四封信出现了，信上说：“你的宝剑已经发挥了作用，现在丢掉它，捡起这根胡萝卜，右转，走向一棵古树。”小伙子半信半疑地丢开剑，捡起萝卜，带上第四封信，右转。

小伙子向前走着，果然一棵参天古树拦在前面，枝叶遮住天空，绿色的藤绕在一起，繁茂极了。忽然，一丝微弱的声音传了出来，小伙子向大树根部一瞧，原来这里有个树洞，他走了进去，一只小兔躺在里面，显然饿坏了。小伙子马上把手中的胡萝卜递给了小兔，小兔吃了萝卜后，马上蹦跳着跑出山洞，带来了一把钥匙和一封信。小伙子打开第五封信，信上写着："请左转后一圈再倒退三步，你将看到一个城堡。"小伙子带上钥匙，依照信的指示，左转一圈再倒退三步。

一座宏伟的城堡出现在眼前，喷泉的水早已干涸，城堡长满了绿色的爬山虎，小伙子用钥匙打开了城堡的大门，城堡内空无一人，墙上的钟停止了，头顶的水晶灯满是尘埃。在一张小桌子上，他发现了第六封信，信上写着："带上钥匙，去阁楼。"信边还放着一把古朴的龙形钥匙，小伙子带着第六封信和那一把钥匙，上了阁楼。

阁楼上有多个房间，要去哪个房间呢？小伙子带着钥匙，一间一间地试。试到第三个房间时门被打开了，一个大卧室出现在眼前，一声啼鸣，惊动了小伙子，一只白色的鸽子出现在眼前。床上，正放着第七封信，信上写着："请你将这杯水洒在房间中。"小伙子依照信的指示，把水洒在了房间的每一个角落，水碰到鸽子的翅膀上，鸽子变成了一个美丽的公主。公主皱着眉说："快，去舞厅！"公主带着小伙子打开舞厅的大门，各种各样的动物出现在眼前，猴子、猩猩、青蛙等。他们在这里找到了第八封信，信上说："用这盏灯来结束这一切吧！”小伙子毫不犹豫，用火柴点亮了灯，灯照在每个动物的脸上，动物们立刻就变了样，五只青蛙变成了五位侍从、狮子变成了国王、猩猩是门卫……一切都恢复了。森林中的迷雾都消失了，阳光照射了进来，喷泉喷出了水花。国王感激地对小伙子说："感谢你救了我们！你是我们这个国家的恩人，这样吧，我把公主嫁给你！"小伙子欣喜地答应了。

后来，他才知道，这个王国的国王非常喜欢打猎，因此惹怒了森林女神，于是女神用迷雾笼罩了整个森林，并且把宫中的所有人都变成了各种动物。直到有一个善良、勇敢、聪明的人来解救。那一封封信是森林女神给的提示，而第一封信，则是公主用喙写下的。最后，小伙子把亲人接来，跟公主举行了盛大的婚礼，幸福地生活在一起。当然，国王也不会再打猎了。

朋友

一天，狼妈妈告诉小狼：“你长大了，要出去生活了，记住捕猎秘诀：要快速，要敏捷！”小狼点点头，于是出去独自生活。

一头小猪正在散步，后面突然蹿出一只野兽，小猪一看，吓得直冒冷汗，没命似的飞跑。小猪一直跑，跑到腿都软了，终于甩掉了野兽。小猪又累又渴，可是哪儿有水、食物呢？远远地，他望见了一座小房子，小猪喘着气，到了房子跟前。正巧，房子里住着那只小狼。

小猪敲了敲门。房屋里传来了声音：“谁啊？”小猪一听，这声音有些陌生，却怎么也想不起来这是谁的声音，于是小猪对着内屋大喊：“我是小猪，请问这里有食物吗？我又累又渴！”房子里的小狼一听，激动极了，居然有免费上门的食物，有什么办法弄到这头小猪呢？对了，装病！于是他跑到床上，假装咳嗽几声，说：“你自己进来吧，我病了。你可以自己拿东西吃，但我有个条件，你得给我倒杯水，拿几颗药。”小猪推门而入，正在倒水时，只见小狼二话不说，赶快翻下床，朝小猪扑了过来。小猪见状，把水杯里的水一下洒在小狼脸上，小狼一下子被水蒙了眼，看不清了，小猪撒腿就跑，等小狼擦干眼睛上的水时，小猪早已经逃得无影无踪了。

小猪跑回家，他想：今天真是倒霉，一天被追两次，做猪真是命苦啊！特别是那只可恶的小狼，居然趁我不备，偷袭我，怎样才能对付狼呢？小猪想了半天，得出结论：想对付狼，必须了解狼。于是小猪花了20个森林币，买了套小狼服装，准备第二天去接近那幢屋子里的小狼。

小猪是个烹饪高手，准备做个大蛋糕给小狼一同送去，他看了一眼自己洗澡过后有着猪臊味儿的水，心中产生了一个坏念头，把自己的洗澡水和进蛋糕里，于是，小猪心里一边想着小狼第二天吃蛋糕的情形，一边暗暗发笑。

第二天早上，小猪穿上小狼服装，带上大蛋糕，走到小狼家门口，敲了敲门，朝里屋大喊：“里面有人吗？”小狼打开门，看见门外站了一只与他差不多大的“小狼”，惊讶得合不拢嘴。这时，小猪学着小狼说话的语气，对小狼说：“我也是一只小狼，我想和你做个朋友！”小狼十分高兴，因为在此之前，从来没有人跟他交朋友，他把另一只“小狼”请进屋。

进了屋，小猪把事先准备好的蛋糕送给了小狼，小狼一见蛋糕，垂涎三尺，立刻吃了起来，一边吃一边含糊地说：

“这蛋糕真好吃，居然还有猪的香味，你要不要来一口？”小猪慌忙装作已经吃过东西的样子，揉揉肚子，对小狼说：“呃，我已经饱了！你吃吧。”听它这么一说，小狼就不客气了，大口大口地一下子就把大蛋糕吃完了，小狼说：“这蛋糕真好吃，有你这个朋友真好！”小猪表面上不好意思地笑笑，其实心里高兴地嚷道：“叫你上次要吃我，这次我让你吃我用洗澡水做的蛋糕，嘿嘿！”正想着，只听小狼说：“咱们出去玩吧。”小猪不好推辞，于是跟着小狼去外面的草坪上玩耍，玩得不亦乐乎，直到太阳西斜他们才分别。临走之前，小狼对小猪说：“你对我真好，既给我做蛋糕，又陪我玩耍，欢迎你明天再来！”小猪同意了，答应第二天再来。

就这样，日子一天天过去，小狼和小猪的友谊变得越来越深厚，小猪也觉得小狼并不那么讨厌可怕，反而觉得他十分可爱有趣。小狼也十分感谢他的“狼”朋友，因为小猪有一次用草药治好了小狼妈妈的病。

直到有一天，小猪和小狼一起穿过荆棘丛，小猪的小狼衣裳的末尾被勾破了，露出了粉红的屁股与细藤似的卷曲尾巴。小猪没有感觉到，还在前面招呼小狼快点儿呢！可是小狼看见了，嘴噘了个“O”形。小猪一回头，看见小狼惊讶的表情，知道坏事了，小猪害怕极了，一步步向后退，但只见小狼伸出手，对小猪说：“不论你是什么动物，你都是我的好朋友！”于是他俩成了真正的好朋友！

后来，小猪和小狼合伙开了家蛋糕店。当然，那“猪香”蛋糕是最受狼欢迎的。但是哪来这么多猪洗澡用过的洗澡水呢？对了，于是小猪在后院开了家澡堂，凡是猪都可以免费泡澡，这家店开得红红火火，小猪和小狼也成了永远的好朋友！当然，小猪没有把“猪香”蛋糕的秘方告诉任何人，包括小狼！

第八次航海

一天，辛巴达又过腻了平安而又富裕的生活，于是他雇了一个船长和许多水手，又一次开始了他的航海旅行。

第二天，辛巴达启程了，在刚开始的一个星期里，天天都是风平浪静，湛蓝的天空中飘着朵朵洁白的云朵，碧蓝的大海一眼望不到边，像硕大无边的蓝宝石，在阳光的照耀下闪闪发光。辛巴达心情好极了，于是他来到甲板眺望。忽然，天气突变，天空一下子暗了下来，刮来一阵狂风，把辛巴达吹得直不起身，他赶紧跑向船舱。接着又刮来一阵更大的飓风，卷起一个大浪潮，浪潮像魔爪一样直扑大船。此时的天空被一层厚厚的乌黑的云朵遮住了脸，大雨也噼里啪啦打了下来，一个大浪打到船尾，把船尾打个粉碎，辛巴达和水手们都做了最后的告别。又是一个接一个的大浪打来，船体开始倾斜，不一会儿，大船沉进了大海，许多船员都死在了大海里。辛巴达抱着一块木板，四处漂荡。最后，他也失去了知觉。

当辛巴达醒来的时候，发现周围有一群中国人。这时，辛巴达正发着高烧，已经奄奄一息，中国人马上用类似树根、草叶、虫子的东西熬成汤，给辛巴达服下。辛巴达的病第二天便有所好转，第三天就痊愈了。辛巴达很好奇，就问：“这是什么东西？”一个中国人回答他说：“这是中国的国粹——中药。”辛巴达又问：“我在什么地方？你们是干什么工作的？”中国人告诉他说：“这是一艘船，我们是给皇帝采珍珠的人。”于是辛巴达也加入到他们的队伍中。

有一天，辛巴达和大家一起潜到水里，他发现有一个东西在发光，他游了过去，定睛一看，是一颗硕大无比的夜明珠，他立刻把那颗明珠采了回来。大家都拍手称奇，高兴得喝酒庆祝。到了晚上，大家都喝得醉醺醺的，睡得很香。

辛巴达半夜醒来，来到船尾，忽然发现一团黑影，两只眼睛在黑暗中闪着红色的光，非常可怕。辛巴达觉得可怕极了，再仔细看，原来是一条恶魔缸鱼，它的牙齿在月光中闪闪发光。辛巴达把船上的人都叫醒了，大家都很害怕，因为这种鱼会吃人，还会咬坏船只，现在它紧紧跟随大船，大家都面如土色，不知怎么办才好？辛巴达因为中药救过他的命，所以对这些药很感兴趣，这几天一直在询问这种药，他忽然想起有一味药是麻醉药，可以使人麻醉昏睡。于是他想出办法来，对大家说：“我们用面粉和水，再加生鱼肉和草药，制成一个真人大小的麻醉药，给恶魔缸鱼吃，趁它昏睡，把它杀死。”大家都觉得这个方法很好，于是大家就做了好几

个真人大小的面人扔进海中。果然恶魔魟鱼吞吃后昏昏沉睡，大家就用鱼叉刺杀了这条鱼，平安回到了岸上。

大家登岸后，把所有珍珠献给了皇帝，皇帝最喜欢夜明珠，看了大喜过望，说：“这是谁找到的？我要赏赐他。”辛巴达对皇帝说了自己的遭遇，并对皇帝说：“我想回国，请皇帝赐我一条大船。”皇帝马上赐给他一条大船，还有很多金银财宝，辛巴达带着金银财宝，还有他最喜欢的各种中草药的种子，告别朋友，又回到了家乡。

西游

灵山的血与泪，沉默的众佛，一个五百年一轮回的肮脏阴谋，但只要在最后一刻，重回本真和天性，那么一切值得。

——《西游日记》

“孙悟空，汝因大闹天宫，吾以甚深法力，压在五行山之下，幸天灾满足，归于释教；且喜汝隐恶扬善，在途中炼魔降怪有功，全终全始，加升大职正果，汝为斗战胜佛。”如来那令人厌烦的声音响起，一切结果，我释然了。

不，我从来不想当什么斗战胜佛，我只想当一只幸福的猴子，劈柴，喂马，游山，玩水。我不想西游。

时间倒转，五百年前。那时的我，还能算只猴子。我畅快地在傲来国花果山上耍笑，要什么有什么。我只是一只普普通通、不懂人事的猴王，我能自由地跳着、闹着。天真的我想要长生不老，不久便找着了师父。我拜他为师，他顺便给我取了个名字：孙悟空。悟空，我现在想想这名字倒也不像老君仙丹那样嚼着脆，而像花果山那朵我想摘却永远摘不到的秋香色云彩那样绵延，我挺喜欢这个名字的。师父问我学什么法术，我说长生不老。师父拗不过我，跟我说："长生不老不难，但有一个坏处，那就是你所爱的会离你而去，很难回来。"我说："我不想死，也不要孤独地活。""只能选一项呢？"师父说。我想咬他。

我学会了本领，便打包回家。到了花果山后，依旧无忧无虑，我砸了生死簿后，就想起了师父的话，我所爱的会离我而去，我不怕。我从龙王处抢来衣服和兵器，也向玉帝老儿大发脾气，我做着我想做的事，但我逐渐意识到，有一群人把所有都贪婪地占为己有，以控制人们的命运来威胁人们，人们膜拜他们，他们视苍生如蝼蚁。他们是神。我要惩戒他们，我要改变世界。于是，我变成了齐天大圣，于是，我闹了天宫。

是那个恶心的佛——如来，把我压在五行山下，他用所谓威严的声音朝我大叫，叫我陪着一个人去西天取经，叫我每天吃铁丸子、喝铜汁。我恨他，不惧他，我更恨那个取经之人。佛祖带着冷漠的笑，走了。

五百年后。

我正想象着我师父，也就是那取经之人的相貌。一个眉清目秀的和尚走过来，他是我师父？！我放肆地笑了。"从今天起，我们去西游，每到一处便给山水起一个名字，如何？"和尚笑着对我说。我发现自己竟然不恨他。我自由了，却忘记了自己是谁，因为我戴上了金箍。沉默的老沙，讨人厌的老猪和一匹白马，还有师父和我，一个简易的取经团队。岁月，把这样一个可爱的和尚变成了成天叨叨的婆婆妈妈的人。一路上，我很累，很苦。闲下来，我朝着东方眺望，想象花果山的模样，但记忆一次次模糊，我想起了师父说的话：长生不老不难，但有一个坏处，那就是你所爱的会离你而去，“很难回来。师父没错，我只能选一项。我每向西一步，离花果山就远一点儿。”我爱的地方离我越来越远。正冥思，耳畔又是一句“悟空，为师肚中饥渴难耐”。不用说，我要去化斋了。

人在西旅，心在东方。

那只活蹦乱跳的猴子呢？那只不甘平庸的猴子呢？那个喝仙酒、嚼仙丹、大啃仙桃的猴子呢？我大叫着，声音被风卷走，回荡。

灵山，终于到了。

金箍落地，发出一声脆响。

俺老孙回花果山去也！

苏子本风流

一个人，端坐在纷乱的北宋王朝，泛着一方的赤壁，守候着最后一片洁白的孤独。

大江东去浪淘尽，而你，千古风流。

你，该是不拘于时，乐于山水为伴的吧。纵遇风雨，亦可含笑傲然，道一句“也无风雨也无晴”。即使生不逢时，即使被贬远方，即使怀才不遇，也会“试问岭南应不好，此心安处是吾乡”。

纵然悲苦，从无哀伤。如此，安好。读书累了，放下，种种田；种田累了，放下，喝喝酒；喝酒厌了，放下，睡睡觉；睡觉倦了，起身，看山水去。山水中，有你的一份平和、安然。所以，你便是没有悲伤了吧？

人们都说，苏子豪放，他的词，应当为关西大汉执铁琵琶高歌。但是，你真的超然到无所牵挂无所忧了吗？心非木石，安能无感。你的隐忍，非常人能比。丧妻之痛，失意之愁，不公平的牵连，无辜的排挤，一味地被贬。难道，你就真的丢弃吗？命运终对你不公啊。经历世事，仍有那“老夫聊发少年狂”，仍有“不辞长作岭南人”，仍有那一份不屈的信念。苏轼，你是第一个让我懂得坚强的人。

尘已满面，鬓若微霜。隐秘的悲伤，缺月梧桐，漏断人静，是否齐齐涌来？那为米折腰，弃家的悲痛无奈，是否“不思量，自难忘”，茫然无措，诗酒年华时，是否“归去来兮，吾归何处”的彷徨。那个世界，不可能只有明媚，不可能只有风流。

那又如何？

你迈着方步，来到西湖，潇潇洒洒地品了一回“东坡肉”；你捋着胡子，走近赤壁，言一回千古风流人物。你畅然于山水之间，赞那一份碧水，咏一帘飞瀑。“人生如逆旅，我亦是行人。”你本风流，忘世间诸事烦忧，只要心胸足够宽广，你亦如站在高山之巅，心怀宇宙，所以无畏无悲。超脱时间，超脱悲切，容纳了一切。再多悲痛，都被豁达取而代之，再多愁思，只消一壶洌酒，便能消除得一干二净。你如一潭古井，井水无波，波澜不惊，心底是那一份坦荡。

我赞叹那个豪放刚毅的你，“酒酣胸胆尚开张，鬓微霜，又何妨”，张扬着自信欢畅；我动容那个心怀柔情的你，“十年生死两茫茫，不思量，自难忘”；我赞叹淡视浮萍的你，“竹杖芒鞋轻胜马，谁怕？一蓑烟雨任平生”。其实，我一直明白“简约不简单，平凡不平淡”。我惊叹那个乐观豁达的你，“谁道人生无再少？门前流水尚能西！休将白发唱黄鸡”。好好珍惜当下，或许才是永恒。我喜欢那个真实的你，纵使你的语言没有杜甫的沉郁，没有李白的华美，却有着一份无人能比的超脱，你与众不同的性格与率真的天性已深深烙印在每一个人的心底。

月圆，风轻。淡夜，群星。

耳畔传来你的朗声大笑：

何妨！

永远的天才少年

酒入豪肠，七分酿成了月光，余下三分啸成剑气，绣口一吐，就半个盛唐。

你一生爱酒，也爱诗，胜过你的生命。那淡淡的酒意与浓浓的诗情编织成了一段神话般的故事，融入你神话般的一生。

李白。

自牙牙学语时，我们便会背“床前明月光，疑是地上霜”。但是我们有理解你真正的情思吗？没有，以前读起这首诗，颇有些少年强说愁滋味。现在看来，这绝对不是强说愁。

从前，我一直认为，你是一个剑气十足、乐观向上、从来不知愁的诗人，但是如今，我却发现，你也有悲伤，涟漪一触，从波心漾漾。你抬起头，望着一轮皎月，脸上淌着月光。深邃的目光中折射出两个字——坚强。蔚蓝天不属于你，它太可爱、太纯粹了。下一晚的夜才是你的归属。你知道，家在远方，只能遥望。只可惜自己仕途不顺，无人诉衷肠。你的伙伴只有月亮。于是，有了“举杯邀明月”“黄鹤楼前月华白”“皎如飞镜临丹阙”。要是知道，有千年后的人诵读你的诗，个个有口无心，李白，你会哑然失笑吗？

我想象着，你着一身青衣，超然地走出门去，高唱着“仰天大笑出门去，我辈岂是蓬蒿人”的壮义凌然之态；也想象着你俯下身去，拾起姣好的花瓣，慢慢搓捻着，浅浅低吟“对酒不觉暝，落花盈成衣”的款款低唱之样。一壶酒不离身，一首诗不离口，便游走天下。

我学着你那份心静如水、风轻云淡，但蓦然回首间却发现你将忧伤隐藏。脸上一直挂着无忧无虑清闲的笑，诗中却蕴含着千丝万缕无尽的愁。

李白啊，你将情感含在那流淌的墨色间，最终还是被发现了。当那思乡、念友、怀古之情一一显现，你会不会抿嘴一笑，吐一吐舌头，道一声：“呀，一不小心被发现了！”

“数风流人物，还看今朝”，我认为不大有理。你，不就是一个风流才子吗？一个永远的风流才子吗？有人写过《苏东坡传》赞扬他乐观积极、安贫乐道；有人写过《杜甫传》歌颂他大公无私、为人朴实。有人写过你吗？太多太多的人评价你不为妻儿老小，自在游天下，虽浪漫，但太轻浮。我要为你申诉。是吧！你一点儿也不轻浮，一点儿也不。你背乡而行，自有你的用意，你的良苦用心，可是没有人来了解你。千年后，就没有你的一个知己吗？你也会懊悔，也会忧伤，也会思量呀！凭什么人们这么评价你？看，那千余篇诗便都是你的证据。你从来不是个醉鬼。酒，只是你寄托情感的地方。

多少个时空的跨越，我与你在这页温馨的纸上相遇，真难想象你哪来的这么多旷达与豪放。踩着你的足迹，学着你的样子，却学不来那份侠气，你与徐志摩到底多少关系竟然轻轻走来惹人思量。

岁月，在一指一染中，接你回唐朝酒巷。

李白，你可好？

错

很多人不需要再见，因为只是路过，但是因为一错，酿成千古之怨。一切忧愁，始于错。

一、回眸

画着眉的手，微微颤抖，“啪嗒”，落下。铜镜中美人的眉还未描完，却依然倾城。纤白的皮肤，满头的青丝，玲珑的步摇，莹润的嘴。士兵闯了进来，“走！”“不！”她央求道，“让吾将眉画完！”“哼，贼女祸世，画什么眉？”士兵一把抓过她玉藕般的手臂，马嵬坡上，三尺白绫。她的泪水肆意地淌着，将白绫系在脖上。一代佳人从此消逝。她的一生，太多错。错嫁唐明皇，这且还好，错在她那回眸一笑。

那是一个秋日，她轻快地蹦蹦跳跳，丝绸摩擦发出好听的声响，她只是唐明皇儿子的媳妇。忽然，她听得身后有声响，回头一看。她怎知自己的眼睛如秋水般澄澈，自己的容貌是那样动人。她只见一位男子痴痴地望着她，觉得好笑。眼睛一弯，朱唇一启，脸蛋上漾出清风般的笑意，她怎知花蝶为之倾倒，她的命运从此改变。

从此，有一种绝代之美叫回眸，有一位倾国女子叫杨玉环，有一种千古之怨愁是玉环与唐王，只因为错着抿嘴一笑。

二、将军梦

喊杀震天。

乌云在天际嘶鸣着划破雷电，两军交战。

他将琼浆咽入喉中，有了一丝淡淡的醉意。仰天大笑。他挥舞着手中大宋的旗帜，大喝着：“杀！”千军万马随着他的命令一齐冲上前去，随着兵器的碰撞，他再一次大笑起来。战鼓配着雨点，在他听来是最悦耳的音韵，多少年来，没有如此豪迈。

突然，一切都停止了，他在草席之上，扶着额头，他才知道，这是梦啊。一个做了多少年的将军梦。错就错在年少轻狂，率着千军平定后，却再也忘不了当时的痛快与淋漓。时光不自量，独欺年少。他笑了，是惨淡一笑。错！错！错。

天凉，好个秋。

雨

天晴了。

心里正滂沱。

冷冷的空气，湿红的眼眶，下雨。

那是怎样的一种麻木呢？在这个雨天，愚笨的我流不下一滴泪。

我写好了稿纸，叠成一个心形，塞进栗色的信封。窗外飞雨。

街上，阳光灿烂，烂漫的色彩涂上了每一个人的脸，对面绿色的邮筒像个罪人，默默然，不语，分外凄凉。

我撑起伞。是的，阳光灿烂，我撑起伞。慢慢地，轻盈地走过马路，像你，像欢跃的小鹿，我没有听见那尖锐的刹车。但你过马路时的刹车声却久久回响在我的耳畔。我看见一只莹蓝色的蝴蝶飞起、落下，刹那灰黄。

“咚”，信落下，我走回对街，撑着伞，到楼下。相似的时间，相似的地点，不同的，是伞边的倩影，已不知去何方。

茫然间，你穿着莹蓝色风衣，梨涡浅笑："我帮你去寄信吧，谁叫我们只带了一把小伞呢！"

365天过去了。每天，我都会寄一封同样的信。樱子，你想听吗?

内容：樱子，我们下个月结婚吧。寄信人：柏。收信人：樱子。邮票10元。地点天堂。

谪仙传

话说百花仙子重回天庭，受一番红尘轮回后，也不觉清瘦了许多。百草、百果、百谷三位仙子连迎上去，百草仙子道："这嫦娥也颇不讲理，尽让仙姑姐姐受罚，好生气人。"百花仙子惨然一笑："我素与嫦娥不和，她只是报复罢了。"

众仙子正述间，只闻女童报道："嫦娥仙子来了。"却说那嫦娥告心月狐下凡为王，教她百花齐放，好使百花仙子受罚，于心不安。毕竟是她自己与百花仙子挑起不和，使百花仙子受轮回之苦，左思右想，也不忍心，此次前来，是想要向百花仙子赔个不是。百草、百果、百谷一听嫦娥来了，嘴不由得下撇："好个害人精来了，恐伤了众姐妹兴致。"嫦娥从屏风后转出，道个万福，看百草、百果、百谷三位仙子正瞪着她，不由得心惊，此次赔罪，恐怕来得不是时机。正想着，见百草仙子开口："我说，嫦娥姐姐，在此迟疑，是不是又想着法子刁难百花仙子啊？"嫦娥素来听不得这类话，正要发作，却想今天是来赔罪，发脾气不合时宜，也就把怒火压下去了。倒是百花仙子转头道："百草，不要胡言，嫦娥仙子请坐。"说着便腾出一个座来。百草仙子又道："百花姐姐，你人太好了。就这等害人精，惹不得、惹不得，说错一句，恐怕又下红尘了。"说着话，百草仙子拿眼瞥嫦娥，羞得嫦娥低头不语。

百花仙子连道："百草姊姊，不必重提旧事了，嫦娥仙子早就知错了。"嫦娥知道百花仙子给她下台阶，又想到自己怎样记仇记恨，不由得更加害臊。百草仙子"哼"了一声，道："算了，算了，咱们走吧。"说着带着百果、百谷二仙子拂袖而去。

百花仙子见走了众姊妹，便问："不知嫦娥姐姐特来此处，有何贵干？"嫦娥便道："昔日与姊妹不合，万般刁难姊妹，吾心有愧，特来赔个不是。""姐姐有礼了！"百花仙子忙伸手相搀，"以后姐姐与我便是一家了。"二仙子重归于好，说说笑笑不提。

话说嫦娥重回月宫，心情舒坦，抱着玉兔正捋毛的工夫，只听仙童传令："请嫦娥仙子去王母娘娘那儿一趟，娘娘有事找您。"嫦娥忙放下玉兔，踏云雾直奔瑶池而去。

到瑶池，嫦娥先向王母娘娘请礼。王母娘娘道："嫦娥啊，今晚有个盛会，特邀你来起舞助兴，不知仙子愿意否？""娘娘邀请，小仙自然愿意。"嫦娥道。"那便好，那便好，你先去准备准备。"王母娘娘道。嫦娥道过再会就回转广寒宫。在广寒宫褪了素衣，罩上了昔日的霓裳舞衣，急匆匆奔凌霄宝殿。

到凌霄宝殿上时，早已聚集众仙，众仙按次第座位坐下，嫦娥一进宝殿，便有仙童指引坐下。众仙有说有笑，正尽兴处，见王母娘娘讲了："今日难得一聚，我特请嫦娥起舞助兴，不知玉皇大帝批准否？"玉皇大帝此时龙颜大悦，便道："请嫦娥仙子起舞。"见嫦娥甩着水袖来到台前，深深地唱个万福，起身就舞。好舞姿，有诗为证：

盈盈素靥妆洗净，翩翩丽影止水纹。

翠笛声响莲步稳，霞衣飘转笑三分。

翩若惊鸿，宛若游龙。

轻启朱唇，唱一曲《西江月》。

飞旋青丝，比赵飞燕胜万分。

嘴角漾笑，迷得那众生直眼望。

眼波流转，赛贵妃娘娘更醉人。

莫说那沉鱼落雁皆自羞，但说那王母玉帝张口呆。

仙子一舞清丽天真，哪知那轮回红尘现已存。

舞毕，嫦娥又深深地俯身道礼，顿时掌声雷动。嫦娥回座。玉帝道："汝舞姿不凡，是我堂上贵客，且慢坐，来我旁坐罢。"嫦娥再三推辞，玉帝却执意要让座，嫦娥只得在玉帝身边座位坐下。众仙继续谈笑风生，嫦娥见案桌上摆着一玉章，她不知是玉帝的，拿起便把玩。嫦娥见这玉章华美，也顾不得重，反复仔细观瞧，越瞧越欢喜，正准备放回案桌，哪知手一滑，"啪"地一下，玉章跌落，摔缺了一角。这玉章乃是玉帝批策用的大章，这一摔，惊得众仙都不敢言语。玉帝大怒："嫦娥，你这是何故？为何摔我玉章？"嫦娥哪知会有这一出，吓得唯唯诺诺不敢言。

玉帝执玉章，见摔缺一角，震怒不已，正想打嫦娥四十庭棍，谪下凡去，却见王母娘娘前来说情，玉帝余怒未消，便道："四十庭棍可免，谪下红尘，去受番苦难再回来，也算对她的惩罚。"嫦娥唬得两眼垂泪，却只能道："小仙知罪，小仙立刻领罪。"说着话，嫦娥被拉到投胎井之地。幸好王母娘娘叫旁边的执笔仙投个好人家，嫦娥才未经受贫寒之苦。

话说正值盛世，何府里，夫人生下一女，取名为何天香，小字白泽。那夫人夜里梦见桂花馨香，月圆花好，月下还有只玲珑的玉兔，毛发洁白顺泽。是日，便产下一女，于是应了梦，采宋之问名句："桂子月中落，天香云外飘。"取名为：天香。小字便应了那只月兔的模样，取名为：白泽。小女在室，每每桂香阵阵，香气满室，无人不称奇。不久，何天香便长大了，生得个聪明伶俐、通晓诗书。两道细又长的弯柳叶眉，一双似水如波明皓眼，天香出口成章，一日正吟诵间，忽听外面叫唤，他来了，天香一皱眉。

欲知后事如何，请听下回分解。

他们

她

——致外婆和她的岁月

一

1959年，她5岁。

她不敢贪睡。

一起床，就要煮饭。柴燃起来了，火光“噼噼啪啪”，映着她的小脸，橙红色的火焰跳动着，扭动着向上蹿。她连忙跑去，抓了几把米，用木勺舀了些水，统统倒入锅中。她，还不够高。她端来小板凳，站在上面，踮起脚，费力地盖上大木锅盖。不知过了多久，饭熟了。她跳下灶台，望着远处的山，天还没有亮。依稀地，看见几点星；依稀地，东方才有点白。

每一天，都是这么开始的。

二

1963年，她9岁。

那时的她，要洗全家所有的衣服。

拖着几大桶的衣服，她到了溪边。溪水是那么冰冷啊！冰凌凌的水，冻得她手指头都伸不开了。衣服上的黄泥搓也搓不掉，只得一遍遍地刷洗，一件衣服上的黄泥抠落了，再换另一件，仿佛永无止境。她望着自己的小手，已经冻得紫红，一根根细细的青筋努了出来，还得继续洗。水彻骨地凉，她小小一人，跪在溪边，仔细地刷去所有的污垢。

她天真地以为，所有同龄人都与她一样。

三

1968年，她14岁。

她在竹编厂里干活。

编织了整整一天的东西，手指也被竹条刺得血肉模糊。暮色时分，她要去挑猪草。别人挑猪草是闹着玩儿，而她如果不去挑，向她挥来的是扫帚。天渐渐暗下来了，她挑着挑着，一脚踏空。等她醒来，满天星斗，如水钻般闪闪发亮。手中还紧紧攥着那把猪草。她挣扎着起身，一摸后脑勺儿，全是血，脑壳都是软的。才发觉自己一脚跌入悬崖，头直接磕在了小溪的石头上。她摸索着，找到了回家的路。整个脑袋钻心剜骨地痛，痛得脑袋仿佛要炸裂！她忍了下来。

她以为自己离死不远了，几周后，她居然奇迹般地康复了。

四

1977年，她23岁。

她嫁人了，嫁的也是穷苦人家。

虽然有了丈夫，但日子依然清苦。为了多卖一些钱，她与自己的丈夫不惜走十几公里的路，去更远的集市、村庄，推着自己的手推车，带着几百斤的西瓜。西瓜是自己种的，她细心摘去黄叶，捉掉害虫，那是全村最大最甜的瓜。白菜也是自己种的，虽然她没有读过书，不认得一个字，但聪颖得很。她知道清晨露水地里摘来的瓜甜，知道白菜竖着放置不大会烂。她重视孩子的学习，自己省吃俭用，把孩子送到镇里的学校，要多花80元的钱，无视村里人不解地嘲讽。她的两个女儿学习都很出色，一个当了老师，一个当了医生。她很善良，时不时为隔壁独居的老人送去些东西，或是几条新鲜的梅鱼，或是几个带着露珠的脆瓜。

五

2006年，她53岁。

随着一声响亮的啼哭，她成了外婆。

她感到喜悦，一个新的生命正用无知的黑眼珠望着她。她比母亲还要细致地照顾着孩子，哄她吃饭，逗她玩耍，为她摘来满山的杜鹃，背着她走过泥泞的小路。时光荏苒，岁月催老了她的容颜，一条条皱纹如波纹般布满她的脸。空气

仿佛有重量，压弯了她的背，身体不再健壮，步伐不再轻快，头发不再乌黑油亮。她老了，的的确确老了。那个女孩儿一天天长大了。一晃眼，13年了。女孩儿的一家子经常来看她，她感到满足。她没有茕茕孑立，孤身一人，有夫，有女，有外孙和外孙女，已经足够了。她的嘴一直笑着，一直乐呵呵的。

她是我的外婆。那个女孩儿是我。

老妈杂记

一、猛女一枚

“完蛋了！”老妈一脸惊恐，要不是后一句话，我还真以为她活见鬼了，“我怎么吃大蒜头了？”

我一时也蒙了，吃大蒜头有什么要完蛋的？忽而转念一想，对哦，今天我妈要去课题答辩。我偷笑着，想象那有趣的画面：

老妈滔滔不绝地讲着，对面的省专家满意地点着头。忽然，专家脸上的表情由晴转多云，由多云转阴。他皱起眉头，用手在鼻子前时不时扇动着……我一边想，一边忍不住笑。

只见老妈提着茶叶罐，神色匆匆地跑过来，打开茶叶罐，攥起一把茶叶，塞入口中猛嚼。那鼓起的两颊，活像只仓鼠。嚼了一会儿，老妈便一口涂掉茶叶渣，走到我面前道：“闻一闻，还臭不臭？”我虽不愿当小白鼠，但也只能不情愿地嗅了两三嗅，哇，一股独特的大蒜臭还裹着一点茶叶的清香，真怪异！我连连摇头："不行！不行！"

妈妈一把抓起手机，点开百度，用草体迅速地书写"怎样去除大蒜臭"。很快，百度就以最给力的速度显示出一系列的方法，只听老妈嘀咕着："蜂蜜、牛奶……"忽然，老妈朝着一罐牛奶冲过去，她抓起牛奶，粗暴地拉开盖子，仰面朝天，一口闷！然后又快步走到我面前，问我："还臭不臭？"她的口气虽已不再那么怪异了，但老妈的表情却随之变得怪异，她急忙跑进厨房，对着水斗发出异声，不一会儿，一种酸溜溜的味道弥漫了整个房间。原来，我妈喝得太生猛，呕吐了，前面的努力毁于一"吐"。

好在我妈十分乐观，她一边漱口，一边清洗水斗道："没事！熏死……就熏死那专家，叫他少提问题！"

我真佩服她的勇气！

二、健忘患者

"今天妈妈给你烤蛋挞！"妈妈心血来潮，准备好好犒劳我。

我一蹦三尺高，马上开始做作业。老妈哼着小曲儿，把几个蛋挞放入烤箱，然后忙着洗衣服、晾衣服，忙得不可开交，我也急着做作业。一个个字在笔尖飞舞。一个小时后，终于把许多作业完成，妈妈又帮我打开电脑，让我听直播课。又是茫茫的一小时时间过去了，我听完课后，对妈妈满脸兴奋地叫道："好了吗？"

"什么？"妈妈一脸茫然。

"蛋挞呀！"

"啊？！"妈妈满脸惊恐，一拍脑袋，"我给忘了！"说罢，疾跑到厨房，火急火燎地拿出蛋挞，结果让我哭笑不得：一个个蛋挞周围全是黑黑的炭，中间还泛着黄色，活生生的"煤炭蛋挞"。我妈为了消灭罪证，把周围一圈的炭用刀削去，然后大嚼，还声称"味道不错"！我也只能叹口气，谁叫我有一个健忘老妈呢？

为了治好她的健忘，我决定在屋内的墙壁上贴上提示语，我才不要健忘老妈呢！

三、变幻莫测的"电暖手宝"

我的妈妈是个电暖手宝，充电时温暖无比，没充电时冷酷无情，翻脸特快，常常弄得我措手不及。

一次，数学期中考试，我认认真真地写完后，开始仔细地检查，然后就交给老师。漫长的等待后，试卷发下来了，我一看，嗯，不错，95分，但是计算错了很多，于是我满意地将试卷塞进书包里。一走进家门，就兴高采烈地说："妈妈，今天数学期中考试考了95分，但是计算错了很多。"我原以为妈妈会好好表扬我，想不到妈妈却说："我就知道嘛，看来关于数学的练习不得不做了，拿过来给我瞧瞧。"于是我把试卷给了妈妈，妈妈一瞧，那烦人的嘴就关不住了："心心啊，你真是不应该啊！全错在计算上！这么简单的口算也会错，还有这道，这道抄下来也会抄错，你这个人真是的……”唉，考了个95分都要被骂，不就是计算错吗？多练呗，真婆妈！我心想，接着就开始订正试卷。突然妈妈的声音又传了过来：“心心，你虽然计算错了这么多，但是其他题目都是对的，这点可以肯定，95分也不错，来来来，把这个热包子吃了！”What？妈妈怎么了？是不是精神失常啊？这脸翻得也太快了吧，我心想。

话说我有一周当了值周班长，早上要领读。那天我正睡得香，但是一阵吵闹声把我吵醒了，只听见妈妈叫道：“起床了，起床了！再睡懒觉不领读，小心被老师骂！”我只好挣扎着起来，换完衣服后，一个重心不稳，又栽倒在了床上。看着我痛苦的样子，妈妈的心软了下来，于是坐了下来，一边轻轻地给我按摩，一边说：“谁叫你昨晚睡得这么晚，今天起不来了吧。”我一边享受着按摩，一边想，妈妈对我的态度真是风云莫测啊！

两种截然不同的爱给我两种截然不同的感受。

父爱的温度

都说父爱如山，我爸就是那泰山，一动也不动。

我的学习是妈妈管的，旅行是妈妈假期带我去的，所有吃喝拉撒都是妈妈操心的。他最英明的事估计就是娶了我妈——我妈是一个小学老师。

每当我被妈妈骂的时候，他还会温柔地来“一刀”：“是呢，是呢，就是应该骂，你对她还是太客气了，打一顿才会改好！”此刻，我的内心是悲愤的、是崩溃的：“苍天呢，大地啊，我妈咋给我找了这样一个爸啊！我妈当年是不是眼瞎了，没有光感了？”在我悲愤欲绝的时候，他幽默地说：“江湖人称补一刀。”什么“补一刀”，简直就是“补刀王”！

然而有一件事转变了我对爸爸的看法。

天气渐渐转冷，我更加依恋被窝的舒适和温暖。一天我对爸爸妈妈说：“我想在家里吃早饭，跟着妈妈去学校食堂吃，要排队舀粥盛菜，太浪费时间了。”

第二天早晨，我发现餐桌上放着一碗凉好的粥。这粥不是我妈妈煮的，因为昨晚我和妈妈早早地去享受被窝的温暖了。这粥也不是我妈盛出、凉好的，因为她和我才刚刚手忙脚乱地起床。我看看桌上，粥旁放着两个白煮蛋、一碟倒出的酱油、一罐开封的油焖笋，还有我最喜欢吃的牛肉干。我爸爸从不在家吃早饭，因为他一吃饭，晚了一会儿，路上就会塞车迟到。这粥，一定是爸爸精心为我准备的。想到这里，我端起粥，喝了一口，不烫嘴，也不透心凉，温度刚刚好，不稠也不稀，正是我喜欢的口味。喝着这碗粥，我眼前不禁浮现起爸爸怎样为我煮粥、凉粥，心中不觉暖暖的。自这天起，每天早晨，桌上都会有一碗凉好的粥等着我。

父爱像一碗粥，在你需要的时候出现，温度刚刚好。

我的妈妈是老师

做老师的女儿，那是一种什么滋味呢？有人说不管啥滋味，反正是幸运的！说这话的人大多是从小没被老师虐过的人。我恰恰不以为然。按理说，妈妈应该最疼爱自家女儿，但她成天记挂的却是那一大群学生，这让我心里挺不是滋味的。

每天放学来到妈妈办公室，基本上已是她下班时间了。可我很难在办公室觅见她的影子，除非跑到她班级里。我就自己吃点东西，开始做作业，有时差不多五六点钟了，斜阳西沉，薄暮浮动，她才回到办公室来。这时，我作业也做完了，只差听写、背诵这些了。可事情还没消停，妈妈拖着几条“尾巴”来办公室了。她一会儿教他们阅读题，一会儿听他们背课文，都顾不上听我背诵。她说我要背的课文，回家路上顺带听听就好了。哼，你们说，这是什么道理？我抗议了，大声说：“不行！”她就一边给我听写，一边批改他们的作文，声音嘈杂，害得我总是说：“啊……啊……再说一遍！”真的是伤了我耳朵的尊严。

这还不是最气人的，最气人的是这些大“尾巴”们回家的时候，妈妈总是从我的糖果盒里翻出那些花色各异的糖、巧克力、饼干给他们吃。有一回居然把爷爷奶奶从俄罗斯旅行带回的巧克力也给他们分吃了，还有过年时阿姨们给我的糖果。妈妈总说：“你多吃糖果不好，分一点儿给哥哥们吃。”我表面上不动声色，心里不免愤愤：“凭什么呀！这些关晚学的主儿要么笨、要么懒、要么游戏‘人生’，凭什么把我的零食分给他们吃？”当然，他们在面对零食这件事情上绝不姑息，一副特别虔诚、特别天真的样子，看到我妈翻出我的那些糖果，他们仿佛瞬间成了特别听话的人，老早就伸着手乖乖等着了。他们吃的时候神情如此专注，以至于根本不会看到一旁板着脸的我，无论我的眼睛是不是全然翻成了白色，他们只是视而不见。

最最伤心的那次，妈妈竟然把我从英语老师那儿得来的奖品——话梅，送她班上一个顶懒、顶坏、顶丑的男生吃了。那个男生吃完后，连嘴巴都不抹一下，乐呵呵地说了声：“董老师，再见！”然后，他挥挥衣袖没带走一片云彩，一溜烟似的撒腿跑了。我去翻糖果盒时才发现如此悲剧，瞬间恶气攻心，忍不住落了几滴泪，大声喊道：“你干吗把我的话梅给他啊？这是我的东西！我的东西！是我辛辛苦苦从杨老师那儿赚来的！珍藏着还舍不得吃呢！”我呜呜呜地哭着，又伤心又愤怒，我知道老妈根本不明白，有些话梅，它并非只是话梅，它是一种心绪。在我的盛怒之下，妈妈才搞清状况，轻描淡写地说："我不知道啊，在糖果盒里都混在一起了。"直到有一天我写下这些文字，老妈才体会到我的伤心有多甚，向我道了歉！不过最近这个吃我话梅的差生和另一个差生，组成了"快递二人组"。只要门卫传达室有妈妈的快递，他俩保准第一时间找到送来，妈妈叫他们不要去拿快递，赶紧去把作业补上，他俩嘴上答应着，但取快递的积极性照旧不灭。我心想，算你们有良心！我亲爱的话梅也算是没有白喂给你们。

妈妈当了十多年老师了，饭后带我去散步，时不时会遇见一些我不认识的外婆、伯伯、嬷嬷，他们见到妈妈，总有聊不完的话题。妈妈说，都是以前的学生家长和学生的奶奶、外婆们。据妈妈讲，我们学校毕业的，现在北大在读的这个学生还是她从小教出来的呢。去年北大、浙大的学生们一起来看妈妈，妈妈脸上久久地荡漾着得意之色，还让大哥哥大姐姐们到她班上讲讲学习方法，希望那群小屁孩儿将来也能弄个北大、浙大什么的。

也许是觉得妈妈受到这么多人的喜爱，我承认当老师也不是特别差劲的事。所以，我现在的理想是，万一将来没有什么更高大上的事可以做，那就当一名像妈妈一样的老师吧。妈妈知道了，一副挺矛盾的样子："你现在还体会不到当老师的苦和累，付出和收入不对等，不过这个职业也是有幸福感和成就感的。"

听她这么讲，我也矛盾了，当还是不当？真是个问题。

那一勺冰激凌

有一天，我妈带我到自助餐厅吃饭，吃完后，我一眼瞟见有个吃冰激凌的小孩。我又用眼睛搜索了一下，发现离那个小孩儿不远，居然有个叔叔正在给人舀冰激凌！我兴奋极了，于是求妈妈让我吃点，在我千求百求之下，妈妈终于答应了，只见妈妈走到那个叔叔面前，对他说："给我家女儿半球，不对，半球冰激凌也不行，这样太多了，给她半球不到，一小勺吧！"那个叔叔用奇怪的目光看着我妈妈，那样子仿佛在说："就这么点儿吗？"但他看看我妈妈那副肯定的目光，于是低头开始舀冰激凌。还没等他舀多少，妈妈就举起手来，做了个好了的手势，说："够了，够了！这样太多了，再少点儿！"于是叔叔又去掉了点儿冰激凌，把那一点儿冰激凌给我，接着又用奇怪的眼神望了望我们母女，我只能尴尬地朝他笑笑。走到饭店门口，我几口就把它吃了，脑海里想着刚刚那个小孩吃得津津有味的样子、那个叔叔那诧异的目光，气愤而伤心的眼泪噙满了我眼眶。妈妈凭什么不给我吃，你看别人家的孩子可以吃，我为什么不能？你凭什么这么吝啬！但只听妈妈说：“我今天算对你好了，居然给你吃冰激凌！”我再也忍不住了，泪水浸湿了我的眼睛，然后一滴一滴落在我的衣服上……

后来，妈妈带我去找医生调理身体，医生告诉我不要吃太冷、太甜的食物，不然的话，对身体不好。这时，我才想起那天妈妈不让我吃冰激凌的事情，原来妈妈是为了我好！这时，我才体会到妈妈对我的一片苦心。

我的妈妈总把不舍得吃的健康食物给我吃，总让我克制不乱吃东西，我有不理解她的时候，她也有不理解我的时候，我们总能在相处中化解，我很爱她，她也一直爱着我。

超级“龙爸”

我有一个超级“龙爸”，为什么叫他“龙爸”呢？原来他的生肖是属龙的，他自称他这条龙能在天上飞、在地上跑，还能在水里游，是一条超级无敌的龙。爸爸还说他年轻时很帅，身材非常好，可是现在已经变得肥嘟嘟的了，所以我和妈妈有时候叫他“龙猪”。

一、瞌睡龙

说他像“猪”，他的的确确像猪一样爱睡。我的爸爸只要躺在床上，眯着眼，不到5分钟，他就能睡着了。有一年暑假我们到杭州，乘船看西湖美丽的夜景，他呢，却在船上呼呼大睡。更不用说在旅游车上了，旅游车开多久，他就能睡多久！

有一次，爸爸送我去学写毛笔字，送到后，就坐在沙发上等我写完字接回家去。我和我的小伙伴们都聚精会神地写字，突然，从沙发上传来一阵呼噜声，我和我的小伙伴们都惊呆了！我们扭头一看，原来是我爸爸在沙发上睡着了，还打着呼噜！小伙伴们都笑着说：“你爸爸是瞌睡虫！”而我感到丢脸极了，又气又急，心里想：“再也不让爸爸接送我到书法班了。

二、喷火龙

我最讨厌的就是“喷火龙”爸爸了！只要这天他心情不爽，哪怕一丁点儿不顺心的事，也会大骂个不停！有一次，我们在奶奶家吃饭，我不小心绊倒了电风扇的电线，差点摔倒在地。可喷火龙爸爸不但不安慰我，反而破口大骂，他大声嚷道：“你没长眼睛啊！你踩的是电线，不要命啦！”被他一激，我也生气了，大声说：“我只是一时不小心！”还没等我说完，他又开骂了：“一时不小心，被汽车碾死，你也说一时不小心啊？”我刚想辩解，只说了两个字：“我……我……”他又大嚷：“别给我狡辩！小心给你一巴掌！”我只好把话咽下去，心里既伤心又委屈！

三、故事龙

我最喜欢的是“故事龙”爸爸了。每当我上床睡觉的时候，“故事龙”爸爸来了，他告诉我为什么苏轼也叫苏东坡，苏轼被贬官到黄州，他没有俸禄可领，就在当时城东坡地开垦、种植，养活一大家子人，所以他自称东坡居士。告诉我李白原来是想精忠报国的，但发现宰相是个奸人，朝廷上下人心惶惶，后来就做了个风流诗人。爸爸还告诉我楚辞、汉赋、唐诗、宋词、元曲、明清小说……我躺在床上，听着爸爸讲故事，那感觉真是好极了！

有时候，我和妈妈喜欢“逗逗龙”。有一次，我和妈妈躺在床上，妈妈对我说：“我想喝水。”我说：“我也想喝水。”我们都懒得下床，准备叫爸爸帮我们倒水喝。我们猜测爸爸一定会边唠叨边倒水，猜测他会说：“哦哟，又要叫我倒水了，自己上床之前不喝好，我也累死了！”我们一叫，果然如此，爸爸一边去倒水，一边抱怨：“哦哟，这么晚了，还要喝水，我一天下来忙死了……”我和妈妈交换了下眼神，而后不约而同地大笑了起来。爸爸还是丈二和尚——摸不着头脑，连声问：“干吗？笑什么呀？”我和妈妈偷偷地唱：“我最爱的豆豆龙，豆豆龙……”我们笑得倒在枕头上、被子里，开心极了！

我有一个“龙爸”，我很爱他，他也爱我，你呢？

奇人录

一、拖拉王

孙Y者，乃我组组员也。此人又高又瘦，往地上一站，嘿，真赛一根竹竿！一副黑方框眼镜，两只迷离小眼睛，最神奇的是，他小小年纪，额头上竟有了数条皱纹，眯眼时，那条条皱纹便更清楚了。

要说起拖拉，这可是他的绝活，非拖得你勃然大怒、急火攻心、七窍生烟为止。一日，我正看书，只听得一声：“你们组本子收齐了吗？”打断了我的思绪，我掏出我组本子，数数，还少一本，以我精准的第六感，判定孙Y没交。一翻，果然不出我所料。我想：这家伙总是不主动交本子，罢了，罢了，我还是自己去他课桌找找吧。我把他的椅子向后挪了挪，把手伸入他的课桌，好不容易才翻出一个本子，上面用一种独特的字体写着三个大字——“抄写本”，我翻开抄写本，一瞅，哈，册上空空如也，一字未抄，这正是我猜想的

结果。

我在教室中搜寻他，不在。于是乎，我又疾走到教室外面，一瞧，嗬，他正和一伙人玩得欢呢！我将他一把揪住，用力往回拉："快回去，快做作业去！"可他人高马大，任凭我推、拉、拽、顶，他却稳如泰山、纹丝不动。孙Y瞟了我一眼，慢悠悠地说："什么作业？"

"抄写本，语文抄写本！"我急得直跺脚。

"再让我玩会儿！"孙Y一把抽出手，逃之夭夭。无奈，我只得请两位壮丁把他拉回来，等我叫来壮丁，孙Y，他居然逃到男厕所去了！只见他挤眉弄眼，做着鬼脸，然后"砰"的一声关上门。我咬牙切齿，可又无计可施。倒是有人提醒我，先叫人躲在厕所旁，等他出来再"捉拿"他。我一想此计可行，于是吩咐两位壮丁躲在墙后。孙Y见厕所门口没人，自以为成功了，便大摇大摆地走了出来，不料被人一把抓住，押回教室了。现在他总算乖乖地写作业了，可还没等他写两个字，要命的上课铃就响了。我只能在课代表的本子上写上"孙Y"的大名，把一沓本子交给课代表了。

唉，当孙Y的组长真够累的！

二、话痨张

这一位奇人呢，圆头肥脑，两个小眼睛嵌在一张肉嘟嘟的脸上，他身上长满了肥肉，跑起步来肉一抖一抖的，十分可笑。我不用说，大家也应该知道了，他肯定是张ZH。你可别小看他那张嘴，这张嘴说起话来滔滔不绝，真是让人无言以对。

有一次上科学课，一上课他就被老师批评了，所以还比较老实。过了一段时间，他又不安分了。瞧，他一会儿跟忻同学玩“橡皮大战”，一会儿跟王同学眉来眼去，还时不时给老师插上几句话，如果他的盟友被老师叫到回答问题时，他呀，还会提前把题目答案报出来呢！最后，老师大喊一声：“张ZH！”

“咋了？”张ZH一脸无辜。

老师生气地说：“你干吗提前报答案？我是故意考他的，因为他上课没认真听讲，现在好了，你报出了答案，叫我怎么考他？”

“我只是知道答案，一不小心，报了出来而已！”张ZH满不在乎。

“一不小心，哼！我就知道，你是要帮他的！”老师满脸怒容，“还有，我都告诉你几遍了，回答问题要举手……”

“可我举手了呀！老师，我举手了呀！”张ZH面不改色地说。

“你你你你你……”老师被气得七窍生烟，“你们组扣10分！”老师一声令下，他们组同学向张ZH投来了仇恨的目光，张ZH的这张嘴终于被短时间地“封”住了。

三、王熙风

王熙风，我组组员也。此人手瘦无力，眼神迷离，一副扁平黑圆框眼镜，两条粗黑弯曲大眉毛，生得个书生模样。他经常托着腮帮子“招摇过市”，在教室走廊边走边喊：“王哥帅！王哥天下无敌！”此人原名王X峰也，这外号咋来的，得听我细说。

中国谐音文化，博大精深。一日，我与伙伴背诵《“凤辣子”初见林黛玉》时，一伙伴不小心背成了“王熙风”，我们三人大笑。我仔细一琢磨，这谐音还真不错，但王熙凤是个女的，且泼辣张狂，王X峰却是个男的，性格也沾不上“泼辣张狂”的边儿，吾等灵机一动，想出了“王熙风”这个名来，于是这名儿便在班中传开。

说也奇怪，你叫他原名，他不知为何愣是不应，叫他外号，他人来得倒是可快了！别不信，听听这件事。

一次，我和徐菡带领部分组员去博物馆参观，到了三楼，我们唤王X峰过来，高叫三声，他依然跟人聊个不停。于是我们俩“气沉丹田”一字一顿，故意拖长声音：“王——熙——风！”果不其然，王X峰飞一般跑来，怒目圆睁，咬牙切齿，低声道：“刚刚你们叫了什么？”那声音，仿佛从牙缝里挤出来似的。我撇了撇嘴说：“叫你大名三遍都不应，我们还能叫你啥？”另一位组长也点头，他无奈，只能听我们说完事情，一溜烟似的跑了。

此人性格古怪，脾气倔得像头牛，一日，班主任检查作业，他没带本子，老师料定他没做，他却硬说自己做了。

“做了，把本子交上来。”班主任老师冷冷地说。

“在家。”

“在家里等于没做。”

“我做了！”

“做了？叫你父母送过来。”

“好！”他昂着脖子。我知道他又犯倔病了。中午，他的妈妈帮他送来了，班主任打开本子一瞧，稀稀拉拉两三字。老师马上怒了，把我们学习组扣了10分。我们组员那个心疼啊，一分一分辛辛苦苦挣来的分数啊。班主任走后，我对他说：“你当初向老师承认没做不就行了，也不至于扣那么多分数啊！”

“我做了！”他依然板着脸强调自己做了。

唉，才写几个字，这也能算做了？我心想。不过，跟他争辩也毫无意思，他还是会一概重复这三字：“我做了！我做了！我做了！”

此人，真乃一怪人也！

四、自恋张

咱班班长，看似文文弱弱，一副书生相，其实这一面只表现在老师面前。他在同学们面前，调皮得很呢，而且超级自恋。

一回，数学是代课老师来上课。不知咋的，老师屡屡点他回答。只听他轻声说："为什么老师总点我呢？一定是我太帅了！"听到此话，我"扑哧"一声笑了出来。

"人有不测之祸"，不久，只听见老班长一声尖叫，原来是郑博文的蓝钢笔爆墨了，在张班长那雪白的衬衫上留下了点点墨痕，犹如一幅印象派抽象画。"我的妈！"班长大叫起来，然后又压低分贝，"还好没有伤害到我那英俊的脸庞！"听到这句，我使出浑身解数才憋住了笑。心中暗想：好个老班，这下我发现你的真面目了！

一次上计算机课，刚进教室，大家纷纷打开电脑，教室里一阵"嘀"声。唯独老班长的电脑没响。老班长疯狂地按着开关，可电脑就是不给力，一片黑屏，什么声响都没有，死机了。只见他淡定地一抹下巴，道："你看看，连电脑都被我帅死机了，一点儿声响都没有，看看我有多帅气！"我听了，笑得前俯后仰，这么自恋，也真是无语了。隔壁的女同学笑得趴在桌上，肩膀不停地抽动着。他的同桌只是微微一笑，看来是习以为常，见怪不怪了。

自恋归自恋，张班长的成绩还是很不错的，各科均为优秀，值得大家学习的，这就是我们的欢乐老班！

五、吃货吴

我们班呀，有一枚吃货，是我在值周时发现的，你知道他是谁吗？听我慢慢道来吧。

我们三个同学在班级值周时是给一年级八班的小朋友帮忙的。我帮食堂嬷嬷盛菜，其余两位同学给小朋友们盛汤，这个吃货跟我是同一组。第一天，同学们吃的是肉肠，肉肠可是他的最爱，可巧，一年级（8）班有很多小朋友不爱吃，剩下了一大堆肉肠。他就去问食堂嬷嬷，我们值周的同学能不能吃，食堂嬷嬷爽快地答应了。于是他用手捏起一块肉肠，好像怕一年级小朋友看到他手捏着吃东西难为情似的，飞快地跑到隔壁班级教室门口，大嚼起来。他跑进跑出，生怕别人抢了他的肉肠，吃了一片又一片，忙得不得了。直到他嘴巴外面涂了一大圈猪油，满手也都是油，打了个饱嗝，才心满意足地停止咀嚼。

第二天，一年级段的同学吃虾，他喜欢吃虾，可小朋友们也喜欢呀。看着小朋友们一次次盛虾，食盆里的虾越来越少了，他心里那个急呀，眼睛直勾勾地盯着虾，馋得口水都要流下来了。终于，他咽了下口水，想出一个办法来。只见他一本正经地在教室里踱了几步，走近虾桶，若无其事地看了看小朋友们，再转过身去，以迅雷不及掩耳之势拎起一只虾的须，又以一道闪电的速度跑出教室。他到了隔壁班门口，先用手折掉虾头，还没来得及剥掉虾壳就塞进了嘴里，大嚼了起来。接着他如法炮制，连续偷吃了三只。终于，班级里的小朋友们都吃饱了，食盆里还剩下一些虾，他又冲到管理老师面前，着急地问："周老师，能不能把这些剩下的虾给我们工作人员吃？"管理周老师说："倒了也浪费，你们吃掉吧！”他眉开眼笑，也不管我们其余两个工作人员是不是要吃，马上就端起食盆，放在桌上，大嚼起来。那滋味呀，仿佛在享受人间美味呢！我们两个工作人员也被他吃得馋死了，于是也各拿了一只来吃。他一见，赶紧加快速度。在我们吃完一只的当儿，他居然一连吃了四只虾。最后我们数了数，呀，他一共吃了12只虾！要不是虾都吃完了，我估计他还能再吃上几只呢，这吃货真是神速啊！

每当午餐有水果可领时，他总是问小朋友讨个不停，还会到隔壁班去瞧瞧呢。甚至连汤桶里剩的水果汤都不放过，舀了一大碗，“哧溜”一声就下了肚，真是身手敏捷！你知道这枚吃货他是谁吗？让我来揭晓谜底吧，哈哈，他就是吴LX！

六、表情包

“哈哈哈哈——”一串嘹亮的笑声响彻整个教室，肯定又是“表情包”在作恶了。

“表情包”原名颜Y京，一个十足的捣蛋鬼。小平头，两抹淡眉毛，两颗不大不小的眼睛里带着一丝狡黠，嘴角常泛起一抹邪恶的笑。也许，一个恶作剧正在他的脑海中架起框架，要是把我们班比作风云莫测的江湖，那么他肯定能获“四大恶人”首席之位。这不，只见他那双黑眼睛滴溜溜地转着，忽然他站起来，蹑手蹑脚的，我猜呀，他正准备干一件“大好事”。

“沈姐，这道题怎么做？”我请教道。

“嗯，先是写地球的美丽渺小，然后……”沈姐停住了，皱了皱眉，指了指我身后。我把头一扭，只见“表情包”缩回手，一溜烟似的躲到一排课桌后。

“颜、Y、京！”我咬牙切齿，恨不得一口把他吞了。只见他悠悠地直起身，突然大笑起来，笑得直不起腰来，洁白的牙齿一闪一闪的，笑声中打着寒战。这笑声无疑是给我“火上浇油”。我心想：好呀，你这小子惹谁我都不管，今儿你竟然惹到我头上来了，我叫你看看我的厉害！只见“表情包”瞬间换了一副表情，他的鼻孔朝天，翻着白眼，脖子昂得老高，真像“鹅老爷”，嘴也噘了起来，一副“天不怕地不怕”的样子。我强压自己的怒气，大踏步地向他走去，冷笑道：“哼，你也想尝尝扣5分的滋味？”他一听我这么一说，立刻败下阵来，忙装出一副讨饶的样子，像只猫儿似的缠着我，苦苦哀求：“不要啊！救命啊！求求你了！我现在就回座位，千万不要扣我分！”看他那往下撇的眉毛，哀怨的小眼神，逗得我不禁一笑，但我又摆出一副严肃的样子，丢下一句话：“先饶你这次，罢了！”他一听，立刻换上了一副笑呵呵的面容，回到座位上，端端正正地坐好。

别看“表情包”调皮，他也有认真的一面。这不，他帮我端着整整一摞本子，正向英语老师办公室跑呢！望着他风一般的背影，我心中乐滋滋的，这个帮手我收定了。

这就是咱班的多变“表情包”。

七、金司机

接下来介绍的这位可不得了，可谓“公交车老司机”。

下课了，只见他拽出自己手写的行车表，瞥了一眼，开动了公交车。接着他拿出自己的电话磁卡，把它当作公交司机卡，伸长手臂，在隔壁同桌的课桌边侧刷了一下。同桌蓦然发觉从课桌底下伸出一只手来，吓得他惊跳起来。此时，金司机早已刷卡归位。只见他用力地旋转着无形的方向盘，右脚狠狠地踏了一下油门，伴随他自带音效极其逼真地“轰”的一声，车子才算正式启动。

金司机疯狂地换着挡位，以至于身体倾斜，刹车时还“哧”地拖长音。每一站，他还惟妙惟肖地模仿女播音员：“黄鹂新村到了，请下车的乘客做好下车准备。”这嗲嗲的声音惹得周围的同学都笑了。金司机全然不管周围同学的笑声，继续聚精会神地注视前方，认真地开车。遇到道路不平地带，他还会上下颤动身体表示路况不好。这位自带配音、特效满满的金司机每次都能不误时，准时到达终点站。

众位看官，先别忙着笑，他这样还不是出于对公交车的痴迷和热爱吗？你要是开公交，能像金老司机一样从容淡定吗？

笑归笑，这就是我们欢乐多多、惊喜满满的同学们，你感到惊讶吗？

杀手姜

“来——集合！”一个让人不寒而栗的声音响彻整个羽毛球场。我知道一场“噩梦”即将开始，但我必须让自己快些，快些，再快些，不然我将会成为那个倒霉的“幸运儿”。

果不其然，姜教练冷冰冰的声音如影随形：“最后到规定场地的同学做50个俯卧撑！”同学们像突然上了发条的电子老鼠，拼了命似的奔向球场。谢天谢地，我不是那个倒霉蛋。我一边“呼哧呼哧”喘着气，一边望着那最后一个挣扎着朝队伍扑来的可怜的人。

“今天我们学习全场脚步！”姜教练喊道。

说到这儿，我还得先给大家看一份档案：

全名：姜HX。

性别：男。

职业：羽毛球教练。

外号：杀手姜。

特异功能：脸部肌肉组织拼不出笑，声音响得可以贯穿整个球场。

看完这份档案，我相信你肯定对他有了更深刻的印象。

言归正传，姜教练喊完话，球馆里一片寂静。姜教练道："全场脚步就是你与别人实战时掌握的方法，上前网要快，打后场要发力……"听着那一堆无用的"鬼话"，我头都晕了，盯着窗外摇曳的新叶和灿烂的阳光，我心里不禁抱怨：唉，妈妈为什么把我送到这鬼地方来啊？我真想出去玩啊！正在我神游的时候，一句"听懂了吗"把我拉回现实。姜教练那犀利的目光扫视着每个人的脸，眼神所到处，如戈壁滩荒漠，寸草不生。直到他从每个人的脸上都找出信服的神情，才说："好，开始分组练习！"接着，是一系列练习脚步、打球、打比赛以及跳绳、仰卧起坐等。做完这些，我才能拖着疲惫的身子回家，每爬一级楼梯都觉得累得迈不开腿。

打好羽毛球的第二天，我都累得瘫在床上，四肢无力，头脑发昏。要是在课内外老师中排出"四大恶人"来，他可算头一个。天长日久，我已被杀手姜逼成班级体育达人，也算是无心插柳柳成荫了。

瞧，他就这么酷

每个人都留给他人不同的印象，有的人聪明伶俐，有的人十分乖巧，有的人则天生长了一张好脸，脸蛋儿红扑扑的，让人一见就生爱慕之心，而这位老师呢，给我的印象就是一个字：酷！

这位老师是从三年级开始教我们的，记得第一次他上课时，教室里叽叽喳喳，正在这时，他走进教室，教室里的声音渐渐消失了。同学们纷纷打量着这位老师，我也盯着他看，只见这位老师穿了一条旧的牛仔裤，上衣是蓝色衬衫，两手插在口袋中，眼窝深深的，脸白白的，鼻梁高高地挺出。他站在门旁，一出场就给我一个印象——真酷。

说来也真是奇怪，他从来都是不苟言笑的，而且在教室里也没说他姓什么，所以我们也只能叫他老师。更奇怪的是，我们吵闹时，他只需要站着，不用大嚷，不用发火，我们班就像被施了魔法一样，一会儿，不，是瞬间安静下来。我不禁暗暗佩服老师真是不怒自威啊！

我为了知道老师姓什么，在学校苦苦搜寻，最后我在一张板报墙上找到了他的名字，许Y军。原来他姓许啊，我知道了，在照片上，他终于露出了一丝笑容。啊，原来他会笑，我本来还以为他不会笑呢！

这位老师不仅外表很酷，内心也很酷呢。那天早上我和妈妈一起去教师餐厅吃早餐。那时是吃饭高峰期，人挤人，十分拥挤，我好不容易抢到了一个位置，可是老师们都争先恐后地盛菜舀粥，没空关心别人怎么样，舀粥的勺子递来递去轮不到我的份儿，正在我着急时，忽然有一只手递给我一个勺子，我说了声："谢谢！"我想是谁给我的这把勺子呢？我舀好粥，回头一看，高高的鼻梁、白白的脸呀，竟然是他，我怎么也不敢相信。但是时间不早了，得赶快盛菜了。我拿着餐盘准备盛菜，但是盛菜的勺子也是和舀粥的勺子一样命运。当我拿着餐盘无奈时，忽然又有一只手伸过来帮我盛菜，我想这回又是谁呢？我回头一看，怎么还是他？这个不苟言笑、不怒自威的老师怎么今天会如此温柔，想到这儿我心中有股暖流在此起彼伏，看着他的身影，这会儿不免又增了几分高大。

这就是我的老师，这位酷酷的老师！

世界

不期而遇的温暖

那些叹息不幸的人知道吗？有时一个微笑的动作，便会与温暖不期而遇。

——题记

时逢雨季。

雨很小，很细，烟雨蒙蒙不湿衣。我撑着红色的小伞急急地从学校向家里赶去。淡青色的夜幕渐渐落下，路两旁店铺的灯光次第亮起，倒映在浅浅的水洼里，光波流转，让人恍惚迷离。经过一家吃饭的小店铺，烧菜的锅与勺叮当作响，香气渐渐弥散空中。

“倒霉，这么粗心大意忘了一样作业本，回家作业做到一半还得来学校拿。”风挟着一丝凉意袭来，我禁不住加快了脚步。

“咣当”一声，我不禁循声转向路右侧，有一妇女正急急忙忙把店的防盗门拉下，发出一声巨响，她正蹲下身去上锁。

刹那间，身后的自行车也倒了，几个白玉兰瓜从车篮的尼龙袋里滚了出来。我疾步上前，扶起自行车，又把瓜从地上捡起，放入车篮里，啥也没说，然后继续朝前走去。耳畔依稀飘来俩字：谢谢。

虽然路上有了这点儿插曲，但并不影响我，我依然哼着曲，撑着伞，走向小区。走到楼梯口，我习惯性地将钥匙夹在脸颊与肩膀处，好腾出手来收伞，却突然发现没有东西可夹。我的钥匙！一定是捡瓜时放在路边了！丢了怎么办？想到这儿我的心狠狠地抽搐了一下。伞也不管了，我风一样地冲进雨中，飞奔向那小小的店铺。

当我“呼哧呼哧”跑到那儿，上气不接下气地喘气时，却发现一个熟悉的身影。女主人，她一直等在那里。手中握着的正是暗红色的钥匙皮夹。细细的雨丝吹乱了她短短的头发，我这才看清她。那是一副昏黄路灯下疲惫的倦容。见到我，她立刻将皮夹递给我，我小声地说了声：“谢谢。”没想到她说道：“我还要先谢谢你，姑娘。”我拿着钥匙，回转过身走了。

走了十几步，我下意识地回过头，望见了她在风雨中的身影。她还站在那里。我见到了她那一抹纯净的笑。笑是浅浅的，像一片云，恬淡的清丽，揉进无限的温暖中，无须翻译。宁静的笑加上一双饱经沧桑后依然澄澈的眼睛，这是一份源于陌生人的温暖。她朝我挥挥手，静静地挥手。

心随着点亮的眸柔软几分。轻快的脚步未停，我回过头，

心里越加欢愉，仿佛存着无尽的温暖。街边便利小店的灯光泻入夜色。常见的橘色灯光，仿佛几盏烛焰包裹心间。闭上眼，将温暖的橘色从眼中流入心底。

那一份笑，将会是一份永久的礼物。礼物的名字，叫温暖。

谢谢，这一份温暖不期而遇。

军训滋味

刚入初中，学校甩给我们一个大礼包——军训。那滋味呀，真是一言难尽。

一、水与火的考验

热。

八月天，太阳正毒。阳光像蘸了辣椒水，刺得我睁不开眼。头发如干草，仿佛马上就要燃烧，浑身上下都火辣辣的。脚已不能承受地表的温度，悄悄地侧了过来。汗水从鬓角一滴一滴淌入衣内，霎时间，濡湿了衣服一大片。此刻，平坦的操场如一块人烧烤架，而我们正是一片片“嗞嗞”作响的烤肉，烘烤得快熟透了。“向左转！”“一、二！”“向右转！”“一、二！”随着教官的命令，我们一起转动身子，变换位置。

一阵凉风袭来，用眼角余光一瞥。几朵乌云正朝着操场缓缓移来，我的嘴角上扬。眼见云越来越近，天空开始飘洒点点雨珠，好一番大快人心的景象！我欣喜若狂，心中暗暗祈祷：再大些吧，这样就可以结束训练了！果不其然，雨又密了些，大地立刻降了温，风裹着雨，只觉浑身凉爽。不久，话筒里传出总教官的声音："下雨了，你们开不开心？"

"开心！"

"很好，继续练军姿！"

我们个个目瞪口呆，操场上一片静默。只见前面同学的头上笼罩了一层"云雾"，晶莹的雨滴以发丝为线，穿起了珍珠。衣服、裤子渐渐从浅色越润越深。

雨停了，太阳从云端出现，开始了第二轮的炙烤，被雨水打湿的衣服烘干了，既而又被汗水浸湿了……

二、爱与恨的感觉

食堂。

全身乏力，饥肠辘辘，我们坐下来正准备用餐。只听教官一声大喝："起来！安静了再吃！"我无奈地用双手支撑住无力的身子起立。

教官一声令下："坐！"我们坐下，刚要动筷。紧接着只听一声："站！"唰地又齐齐站立。"站！""坐！""站！"我们像被猫戏耍的老鼠，食堂里只剩衣裤摩擦的声音。

"开饭！"结果，大家都条件反射又一次站立，等反应过来才开始端起饭碗，此时，已感觉前胸贴着后背，整个人都精疲力竭。

操场。

大家随着休息的哨声一下子松懈下来，开始说说笑笑，喝水聊天。可还没过两分钟，只听一声哨响，全体起立。同学们都一脸不爽，小声嘀咕："说好的5分钟去哪儿呢？""这教官太不讲理了！""恨死了！恨死了！"我心想：这教官真是惨无人道！也不体谅我们腿都麻了！

可是相处几天后，我们才发现教官并不是我们想象中的毫无人性可言。为了教导我们好好读书，他自曝"丑闻"，说自己很后悔小时候没好好读书，打游戏中英文混合版都看不懂，原本要修的装备一点"Yes"，居然卖了出去，一气之下把游戏删了。到了最后一天，教官见我们都气喘吁吁，特意给我们表演了一段舞蹈。小眼睛，黝黑的皮肤，再配上搞笑的动作，引得大家哈哈大笑，一身的疲劳全都消失了。

5天的军训很快就过去了，我们竟然有些舍不得让我们又爱又恨的教官呢！

三、师与生的坚守

烈日炎炎下，有不少班级的同学倒下了。

接二连三地，我们班的一位女同学也开始头晕。她出列坐在台阶上，用手扶住了额头。可是没过一会儿，只听一声清脆的"报告"！

"讲！"

"休息好了，我要求归队！"

这是多大的勇气与毅力啊，只见这位同学回到了队伍中，继续在烈日下训练。

阳光炙烤的操场，其他女老师都戴上了宽檐的大帽子，涂了厚厚的一层防晒霜，其他男老师都戴上了棒球帽，在树荫下行走，可唯独我们的班主任陈老师什么也没戴，守在班级队伍边上，时不时指挥我们看齐。他那圆滚滚的下巴上滴着一颗一颗的汗水，条纹衫湿了一大片贴在胸脯上，像波浪一样起伏。他时不时地揩着汗，却一直站在操场上陪我们暴晒。正是这师与生的坚守，才换来“优秀标兵班级”的荣誉。

想起我每年暑假在家里，如果没有打空调，就觉得热得难受。军训了，我才发现自己也能坚守在烈日下；军训，是磨炼自己的意志力，是对自我的超越，让我发现了另一个自己，一个有无限可能的自己。

军训的滋味，只有自己亲身体会了，才能懂得！

并不重复

持拍，转身，蹬腿，挥拍。

持拍，转身，蹬腿，挥拍。

一滴汗水以2厘米/秒的速度滚落。“啪嗒”，地上出现了一个小小的水渍，将原本木色的地板，如颜料般滴上了一滴墨绿。继而，墨绿色的板块逐渐扩大，不久，地便湿了一小片了。机械化地甩着手中的拍子，体力渐弱，双手渐酸。

周而复始的动作让人觉得厌烦，尖锐的哨音一次次击落了我意图偷懒的想法。夏日的风，带着闷热而烦躁的步调，踱进来，又踱出去。沉闷短促的脚步回荡在整个球室，回音拉得很长，很长。

一遍又一遍地跳跃，拍中带来的风，把头发吹乱了，在一呼一吸之间，阳光裹着汗水味儿，通过铁丝网跌落在地上。鬓角的发丝已被固定在脸颊之侧，汗还是不断地往下淌，持拍的手微颤，蹬地的脚无力，挥拍也不像原来那样迅捷呼呼有风。一个带杀气的眼神向我瞪来，逃避再一次被撕碎，揉成一团，咽下肚去。这机械的动作简直不需要思考，重复，不断重复着。每一拍，挥过点点滴滴，流畅自然得像呼吸一样。

终于，教练开口了："去练发球。"于是，刚从一个重复之深渊走出的我又跌入下一个深渊。

持球，握拍，发力，挥拍。

持球，握拍，发力，挥拍。

羽毛球飞了出去，像一只刚学飞的笨鸟，跌跌撞撞一头栽倒在网上，头朝地，落下。我心急了，着急地乱发一通，霜色的鸟儿都给不过几米。还是重复吧，我理一理心绪，平静下来，想一想老师的动作要领，杂乱无章的发球声逐渐有了韵律和节奏，脆爽的声音响彻球场，"鸟儿"飞行的距离在不经意间逐渐拉长，原本摇摇晃晃的身姿变得迅速稳定。汗水分明一次又一次模糊了视线，溅在地上掷地有声，双手分明酸痛得不想举起，仍倔强地不断起起落落；双腿分明软弱无力，却硬是配合着一起一蹲。

月白色的球最终如流星般一次次滑破空气，带出一条优美的牙色之线。看到自己点滴的转变，我不禁惊讶，这一遍又一遍的重复带来了微乎其微的变化，微乎其微的变化最终凝聚成巨大的转变。

这并不重复！

世界，我不懂

一、浩瀚

一个夏夜，我在外婆家的院子里散步。微风拂面，耳畔蝉鸣阵阵，空中飞着一只只萤火虫。夏夜的萤火虫像一颗颗忽明忽暗的珍珠，又似一把撒自天际的晶莹的梦，在空中静静飞着。抬头仰望星空，一颗颗星星忽闪忽闪的，恰似点点萤火虫一般。听妈妈说，这星光，很可能是几千万年、几万亿年前发出的。几千万年、几万亿年，我们人类的祖先的祖先的祖先，都还没出生呢。当时的地球就是个小Baby，可能还是个荒芜的星球，没有山，没有房子，当然也没有人。宇宙之浩大，使得我和眼前的萤火虫相差无几。在历史的书页上，我们连一个小黑点都谈不上，这真让人沮丧。

世界浩瀚，我不懂。

二、奇妙

去年播下的一颗黝黑的牵牛花籽，慢慢地绽出两片嫩芽，伸出绿色的藤须，爬上防盗窗的架子。终于在一个初秋的清晨，绽出一朵朵紫色的花。粉紫色的花瓣晶莹剔透，轻得像一小片梦，让我不觉看呆了。一颗小小的种子，竟然能绿叶成荫，花香四溢。一颗种子里包含着多少的生命密码，一颗种子里有多少的生命能量，我想不明白。

世界奇妙，我不懂。

三、惶恐

小时候，养过一只小鸟，红喙，黑眼睛，头上的羽毛金晃晃的，身体翠绿。它待在笼中，用它的黑眼睛瞅着我，时而从小嗓子里发出“啾啾”的几声鸣叫。望着这楚楚可人的鸟儿，我满心欢喜，但是没过几天，它的小脑袋耷拉下来，再也不唱歌了，它死了。我难过了好几日，世界怎么会有死亡？这可爱的小鸟到哪儿去了呢？人的生命也一样，我听到大人们说：人一生，跌宕起伏，最终归宿不就是死吗？死了又去了哪里了呢？

世界令人惶恐，我不懂。

没有两片叶子是相同的，没有两朵花是一样的，也没有两个人完全相同，世界，谁都能写下这两个字，却是谁也写不出它的声色！

茶叶蛋

民以食为天，古今中外皆如此。

清代大美食家袁枚就在《随园食单》中写道："鸡蛋百个，用盐一两，粗茶叶煮，两支线香为度。如蛋五十个，只用五钱盐，照数加减。可做点心。"这就是赫赫有名的茶叶蛋。热心的袁枚先生还特意介绍了最佳煮蛋时间：两支线香即4小时，这样煮起来茶叶蛋最为好吃。吾妈心热来潮，想用吃货诗人袁枚的古秘方来还原几枚300年前的茶叶蛋。

先把十余枚蛋放入一锅中煮熟，捞出后淋冷水冷却。再用瓷勺将鸡蛋壳轻轻敲裂，再次放入锅中，倒入清水大火煮沸，淋上少许酱油，洒些盐，几片香叶，三两颗茴香，一撮红茶叶，轻轻丢入，沸腾后用文火慢煮4小时，待到汤汁已呈褐色时，香气四溢，茶叶蛋便煮成了。

夹出一枚温热的茶叶蛋，轻轻剥去茶褐色碎裂的外壳，蛋白凝滑如脂，微微渗出一抹抹均匀的茶色，这就是外壳裂缝的烙印，如开了片的瓷器，纹理片片。有哪位艺术家能画出如此复杂精致的花样？一枚蛋，简直就是一枚艺术品。

缓缓咬一口，滑润的蛋白带着一缕茶的清香，在唇齿之间留下深深的满足。无须任何调料辅佐，最好蘸上一点儿熬出的汤汁，再品一口，只见金黄的蛋黄被咬去一点儿。卤汁渗透蛋黄，粉墨状的蛋黄与有弹性的蛋白和在一起，加上茶叶的醇香四溢，美味异常，唇齿留香。不知不觉间，一枚茶叶蛋“清理完毕”。

我舔完嘴角最后一丝残渣，意犹未尽。对袁枚老先生的敬意瞬间又提升了许多，真感谢他孜孜不倦地研究出如此美味的茶叶蛋。

品一枚300年前的茶叶蛋，可谓人生一大快事！

钱湖之吻　吮指之欢

东钱湖有着“西子风韵、太湖气魄”的美称，那里不仅风景秀美，还是吃货们的天堂。久负盛名的有“钱湖四宝”：“浪里白条”朋鱼，“钱湖之吻”蛳螺，“青鱼划水”青鱼尾和湖虾。可能有人会问，蛳螺不是一种家常菜吗？怎么能称得上“一宝”呢？那是因为东钱湖是由七十二条溪水汇集而成，湖水清澈，那里的鱼虾自然鲜美，尤其是蛳螺，没有一丝泥腥味儿，非常难得。

我尤其爱吃钱湖蛳螺，也从妈妈那里学会烹饪这道美食。要想做好这道菜，还是有技巧的，下面让本大厨来展示下厨艺吧。

先把蛳螺放入水盆，养上半天，等蛳螺泥沙吐净，去尾，准备停当，就可以煮了。我把锅烧热，倒上油，等锅热了，放几个蒜头，一阵爆香过后，再把蛳螺倒进锅中，只听“哧啦”一声，锅里顿时热油飞溅，白雾弥漫。等白雾散去，便可以用锅铲翻炒，翻炒几下后加上一些啤酒，再加一些水，浸没过蛳螺，盖上锅盖，开小火焖煮一会儿。最后把切好的红色、绿色青椒丝放入锅中翻炒一小会儿，撒下绿色的葱花，这样就可以出锅了。

一盆热气腾腾的爆香蛳螺放在盘中，鼻子一闻到这香味，我就禁不住咽下一大口口水。先用三根手指轻轻拈起一只蛳螺，放在嘴前，两唇轻轻一颤，一团螺肉就已在舌尖，伴着还有一汪鲜美的汁水。整个动作就像打了个飞吻，是那么优雅，这就是“钱湖之吻”的来历。

我坐在餐桌上，打着一个个飞吻，发出“啵、啵”的声音，直至面前堆成一座小山。最后我吮吸着自己的手指，心满意足地发出一声赞叹：“美啊！美味啊！真是人生一大享受啊！”

春的味道

春天，漫山遍野的杜鹃花灿烂地开放了。这个时候，在乡间的小径旁、河畔、山野里，艾草正长得鲜嫩。用手轻轻一掐，揪下一根来，放在手心里一搓，满手都是绿色的汁液，把双手凑近鼻前，只闻见一股清香沁人心脾。这个时候，最适合做一种美食了。

这种美食叫青团，是我们宁波当地人非常喜欢的一种食物。其形如圆月，手掌般大小，上面印着精美的图案。由于这种美食外面还黏着一层金黄的松花粉，所以又称金团。咬一口，又软又糯。再咬一口，香甜的芝麻、黄豆馅儿从青团里流入口中，还没来得及细细品尝，就已滑入肚中。松花香、艾香和着甜甜的馅儿，真叫你吃了一口又一口，停不下来呢！

你想知道这种美食是怎样做的吗？首先要准备糯米粉、新鲜的松花粉，刚采摘的艾草和自家做的黄豆馅儿、芝麻馅儿，等这些食材准备好后，一切就绪，先把艾草煮熟，挤出苦汁后，和糯米粉放在同一个蒸笼里蒸熟。等蒸熟后，一同倒入一个大石臼中，然后两个人配合着，一个人用木杵捶打，另一个不停地翻，到最后艾草和糯米粉完全融为一体，青色的糯米团像黏土一样，就可以开始做青团了。由一个人先捏出一个小圆球一样的糯米团，递给下一位。第二位就把糯米团捏成小碗状，然后把馅儿舀一勺放进“小碗”中，把“小碗”的口封住，再递给下一位。第三位就把这个有馅儿的糯米团在松花粉中打个滚，掸一掸，让青色的糯米团变成浑身金色的，再递给最后一位。这最后一位呢，拿来木头做的印花板，将糯米团放进去，用手心轻轻地压一压，再倒出来，呀！一个“喜上眉梢”的金团就做好了！

青团的味道就是我家乡春的味道。

心绪的镜面

一、绿·葱茏

满眼是绿。

踏在乡间路上，棕黑的树干没有了冬日的苍凉，枝头点着亮闪闪的嫩绿。刚冒尖儿的小草是黄绿，虽柔嫩，但不失生机。那松树还是不改常态的苍绿，绿得高傲，仿佛在说："既熬过了冬天，春天又何妨？"山上的绿又是另一种姿态：满山遍野的鲜绿，绿中带着几点海棠红——是那杜鹃，就像绵延的绿毡上绣了几朵别致的花。春，早已放弃固守雪的洁白，太阳温柔地照在树上，折射出的是绿的光影。春，让绿的翡翠飞上柳树的枝头，柳树那青灰色的枝条在平静的水面上款款摇摆，把水也染绿了。柳叶落在水上，恰似一只小小的船，两头尖。清风在绿中穿梭，柔枝嫩叶们都被邀请去舞蹈，沙沙声，正是她们衣裙相擦声，每一片叶都上了不同的绿的釉彩。

每一片叶，都是春的召唤。

二、蓝·静谧

面朝的是海，仰望的是天。

雪白的浪花是海轻轻捏起的裙角，那宝石般的颜色，与天空在天际相融。大海，一幅流动的画，波纹叠着波纹，浪花追着浪花，还是一条宽阔无边的大蓝绸。天空划过几点白色的海鸥，围栏田中飘着几缕白得无瑕的云。浩浩海水荡荡漾漾，面对着无垠的海与天，留在心中的是无限的安静。

无瑕、透明、纯洁、静谧，这是我对蓝色的记忆。

三、红·焦灼

脚下踏着的是红得滴血的塑胶跑道，那赤红直灼我的双眼。白色毫无瑕疵地将红色分开，条条如修正带。大红的太阳照在身上，紧握的双拳沁出点点汗珠，一切仿佛没有了声音，只听见自己那“怦怦”的心跳声。裁判举起的墨色发令枪不知为何迟迟未发，咬牙低头望见的是那散发着炽热气息的跑道，裁判缓缓扣动扳机……

水之欢

换上崭新的玫红泳衣，戴上泳镜和泳帽，一步、一步，蹚过浸脚池，一股熟悉的消毒水味儿，劈头盖脸地冲下楼来，与我撞了个满怀。我三步并作两步，不一会儿，便蹿上楼来，那片蓝莹莹的泳池映入眼帘。

水波荡漾起一片片粼粼的光斑，每一块瓷砖都擦得干干净净。浅水区里，孩子们的笑声染遍了所有的角落；深水区中，翻腾声与水花四溅融为一体。我等不及了，小跑着，一下子跃入水中。

身体的燥热一下子消失了，清凉沁入心里，那么舒爽，那么怡人。水，如一位老朋友，泛起大堆白色的气泡，仿佛拼成一句话："呵，你来了。"它托住我的身体，使我变得轻盈异常。我深吸一口气，扎入水中，蹬脚、划水，一朵朵晶莹的水花盛开在我的身旁。我像一只青蛙，从泳池的这头游到那头，从那头又游回这头。我在水中翻滚着，气泡涌上脖子，调皮的水在给我挠痒痒。我感到愉快，一种说不出的愉快。当手拍打水面，当一颗颗溅起的水珠落入水中，我听到水奏起的欢乐之歌。当然，我也会呛水，一股酸溜溜的味儿一直渗入鼻根，真不好受，可这不过是水的恶作剧而已。

走出游泳馆，我还有些恋恋不舍，不舍那水中的欢娱时刻，是水带给我的奇妙滋味，那滋味，可能便是“如鱼得水”吧。

狗来了

我十分想养一条狗。因为有一天到王科力家玩耍，她家正好养了一条小泰迪，我和王科力把它带到楼下玩耍，我们躲起来让它找，还和它一起比赛跑步呢，多么快乐啊！从此我的心里萌生出一个愿望：要是我能养条狗该多好啊！随着时间的推移，我养狗的愿望越来越强烈，真是梦寐以求啊！

在我的千求万求下，妈妈终于答应把冯老师家的狗抱来养三天，我开心得欢呼起来，不过，妈妈说这狗的尿啊、屎啊，都由我来处理，我满口答应了。

那狗是一条边境牧羊犬，7个月了。总体来说还挺大，比我看到的泰迪狗大多了。它黑白相间，头是黑的，鼻梁却是白的，差不多通到了脖子，脖子也是白的，像围了一圈毛围脖，摸上去软软的，很舒服。它的身体是黑的，尾巴尖却是白的，它的四只脚是黑的，脚蹄却是白的，模样俏皮逗人。它的大名叫樱木花道，小名叫花花，我们拉着它和冯老师一起去操场遛了遛，玩得不亦乐乎。

但是小狗一回到我家，看到我家的布谷鸟从钟面的小屋里出来“布谷、布谷”整点报时，就开始狂吠不止。好不容易把它拉进笼子里，聪明的它却用牙齿扯开插销“越狱”了。我们没办法，只好又拉又扯地把它哄进笼中，用绳子把笼门绑了起来，可它又拼命地大叫起来，吵得我们没有片刻安宁。最后我把一根肉骨头扔进笼内，又放了点狗粮，它才平静下来。

第二天早晨5点，我就被狗叫声吵醒，后来又昏昏睡去。等我醒来，妈妈告诉我已经遛过狗了。我穿好裙子，走出去，只见那狗一见我来，就扑上来，表示亲热，紧紧攀住我的大腿不放，把我的腿抓出了一道血痕。我惨叫一声，可是怎么甩也甩不掉它。后来还是妈妈牵住狗带，硬拉才拉开，这事才平息！可是“好事”还在后头，妈妈叫我把它的尿给倒了，我憋着气，戴上一次性手套，端着盆，一步一步挪到卫生间，然后把尿给倒了。唉，我后悔答应妈妈的话了，光是倒尿，我就恶心得想吐。这还没完，狗狗一早上就连续在客厅撒了三泡尿，把屋子搞得臭气熏天，那尿骚味儿啊，一阵一阵地熏人！

晚上，我和妈妈一起去遛狗，没过多久，只见那狗往下一蹲，屁股一撅，拉出几根又粗又长的屎来，妈妈把两张纸巾铺在屎上让我捡掉，我只能戴上一次性手套，拿起一堆屎来，只感觉热乎乎、臭烘烘的。我飞一般跑向垃圾桶，连手套带屎一同扔了进去。回到家后，我用香皂洗了10次手才放心，真是恶心得不要不要的！

三天过去了，狗狗走了，我感觉世界一下子安静了许多。但不知怎么的，想起它摇尾巴那可爱的样子，心里却有一些遗憾！

我的理想

周星驰曾说过："没有理想的人，跟咸鱼有什么区别？"小时候，我一心一意要当婚车司机，只因为婚车上有许多漂亮的鲜花。步入小学，看见老师威风凛凛地站在讲台上，发觉当老师也是个不错的选择。随着年级升高，我又觉得作家既清闲又舒服，只要写写文章就行了，所以我的理想变成了作家。总之，我的理想飘忽不定。

最近的理想，来源于《诗词大会》。无意间，发现这节目，无意间发现每一首诗词中都蕴含着一个有趣的故事，或凄美，那是"花钿委地无人收，翠翘金雀玉搔头"；或悲壮，那是"待从头，收拾旧山河，朝天阙"；或童趣，那是"不解藏踪迹，浮萍一道开"；或是思念，那是"愿君多采撷，此物最相思"。一句话，诗词将我带入一个奇妙的世界。我最崇拜的是康震、蒙曼老师，他们满肚子都是故事，讲述着一个又一个诗词背后的典故。不错，我的理想是成为一名诗词讲师。现在的很多青少年都沉迷网络游戏，下课时讨论的也是游戏中的角色，比如“王者荣耀”什么的。我想采用讲故事的形式，在他们心中播下一颗诗词的种子，让他们知道，好玩的不只有游戏，还有诗词。中华民族五千年传承下来的诗词正在没落、正在衰退，我们有责任将祖先留下的诗词发扬光大，而不是让它消失在历史的长河中。虽然我们失去了作诗的能力，失去了吟唱的能力，但我们应当诵读诗文，了解诗人蕴含的笔锋描绘的一个个故事。一首首诗将会让你身临其境，随着诗人的喜怒哀乐，一起畅游诗海词林。

我愿意成为一位诗词讲师，讲述一个个故事，让你爱上诗词。

渴望

草儿渴望给予它温暖的阳光，鸟儿渴望能够让它翱翔的蓝天，我们渴望什么？答案只有一个——自由。

自从进入小学，我们就需要做作业，这些作业像无形的网，把我们困住了。好不容易熬到双休日，正想着怎么放松一下，迎接我们的却是一个个培训班。最令人头疼的是考试，考好了，OK，没事。但是一旦考差了，完了，等待你的将不是责骂声那么简单了。所以，我一听到要考试就会头昏脑涨，尤其是数学，担心万一考砸。我们就像笼中之鸟，蓝天离我们是那么近，可是我们就是飞不出去，只好眼巴巴地等着。

一次，我做完作业，刚好看见旁边有本《读者》，顺手拿来翻翻，哪知妈妈见了，一声“河东狮吼”：“作业做完了吗？”“嗯。”我回答。老妈冷笑一声，拿起作文本向桌上一拍，道：“外面的作文还没写好，看什么书啊？”说完，气冲冲地夹起那本杂志走了。我拾起可怜的作文本，说：“唉，连书也不让我看会儿，作文，我连构思都没想过呢！”

不知是自言自语，还是对作文本说话呢！

给我们一片树叶，我们就会盯着仔细思考；给我们一块草地，我们就会上去奔跑；给我们一堆沙石，我们就会堆砌快乐的城堡。大人，我们只是孩子，并不完美的孩子，我们需要自由、需要玩耍，更想要与同伴追逐打闹！

大人不懂孩子苦

我，是一名学生，是一名愤愤不平的学生，是一名为孩子们而愤愤不平的学生。大人们总是说我们贪吃爱玩，可这是我们的天性呀！随着大人们的打压，我们的天性几乎消失了，取而代之的是一系列的书本题目来把我们的天性再淡化。我并没有说这不好，但这的的确确会让我们个性统一化，我们像动物园中的小鹿，渴望自由，却没有办法。

在大人众多打压中，使用频率最多的就是骂了。大人的骂也堪称一绝，准让你狗血淋头、无地自容。

一、滔滔不绝法

一天，乘车在回家的路上，我看见了一朵云，那是一朵橘色的云，像极了一只老虎，老虎正蓄势待发，准备向前扑去。我看呆了，便道："妈，手机借我一下，我想拍照。"你们说，这个要求过不过分？可爸爸不满地开口了："拍什么拍？有啥好拍的！你跟我说拍照片，没准儿就是想看手机，有什么可以拍的！不就是一朵云吗？保护你的眼睛去！连拍个照片也好玩啊，这都可以省的……”我并不还嘴，默默听着，静静数着，爸爸一共骂了几十句才住口。我滴完护眼药水，过了好久，眼眶还是湿的，那是泪水代替了药水……

二、恶语伤人法

别看我妈 副良母贤妻样儿，其实她骂起人来比我爸还凶，可谓“恶语伤人六月寒”，一点儿也不夸张，只要我一表示出不想做作业的势头，她就开始了：“你这个人啊，什么用都没有！人家妮妮，多么用功！你要靠自己学习，自主学习，不是外力……”我妈一改常态，越说越愤怒，到最后两眼发红，像极了恶狼。她最后的结束语一般都是：“好！从现在开始，你自生自灭！”然后一拍桌子，震得地动山摇。这时，我的“恶梦”方才过去。我妈的一番话，不像老爸这么凶，但犹如一把利剑，刺痛我的心灵。往往是一处伤口未好，一处又裂开，我的心已伤痕累累。

我家不仅有这些骂法，还有“想当年，我怎么样”等各种法子来骂我。大人们，你们好好反思一下，你们这样对我有好处吗？这些只会使我们越来越叛逆。

好好反思下吧，自以为聪明的大人们！

距离

窗外是一方湛蓝的天空，窗内，只能听见那笔尖划过纸张发出的轻微“哧哧”声。一片死寂。几只无聊的小鸟在空中炫耀着飞行，云朵随意地挪动着洁白的身子。

窗内，老师那滔滔不绝、口若悬河的讲课声贯彻整间屋子，隔着一扇半新不旧的玻璃窗，费力地穿过老师的声音，依稀听见是低年级孩子们爽朗的“咯咯”笑声，已是下课。“再给我两分钟，就两分钟！”这已成为老师的口头禅。两分钟，如此之漫长，漫长到听到了下一节课刺耳的上课铃声，老师才罢休。望望窗外，阳光明媚，倾注在每一个角落，空气里带着阳光的味道。

窗内，有时一个令人深恶痛绝的宣告：换课。体育课又逃得无影无踪，到阳光下去奔跑，这美好的幻想瞬间破灭。笼中鸟，渴望自由，冲出牢笼，谁敢？老师煞有其事地说：“体育课换到下下个礼拜四。”这个日子真是虚无缥缈啊！拖着疲惫的身子，上完一天的课，我们个个如革命先烈般，差那么一点儿就要壮烈牺牲。一大摞作业，多到已经不能用叠、堆来形容。

夜深了，窗外黑漆漆的，混沌一片，只有我握紧笔，死命写着字，一连串的文字、数字、符号、英文字母从笔尖流出，直到双肩酸痛，双手残废为止，僵成“手指不能屈伸”。

星期六，我邀请同学来庆祝生日。这个说：“不行，我全天有课。”那个说：“早上没空，没办法！”培训班，其正确打开方式为：虎爸虎妈培养并且训练可怜孩子的班级。在所谓的培训班里，我听得头昏脑涨、昏昏欲睡。窗外，那是一个放风筝的孩子，艳丽的大蝴蝶在空中飞扬，孩子扬起红扑扑的脸蛋。两种色彩的映衬，真是美好烂漫，可惜我没法这样优哉游哉。

窗外，一个几乎无法抵达的世界！

一场童话的邂逅

可以这么说，我是在一个个童话中长大的，而这个童话城堡的建设者，是宫崎骏，而我再一次踏入这座城堡，那一切便又活了起来：

雨，丝丝缕缕地下着。“稻荷前”站的灯又亮了，穿着黄色制服的小梅和扎着两角辫的小美，乘上了那辆毛茸茸的龙猫列车，在雨雾中远了，远了，不见了……

我正痴痴地望着前方，一阵风从我头上扇过，瞧，小魔女琪琪戴着大红蝴蝶结，骑着扫帚，招着手，咧着嘴，一下子消失了。

一个空幽的山谷，一声狼嚎，打破了寂静，幽灵公主骑着山犬到来了。“咚——咚——咚——”陈旧的机器人挽着《天空之城》的希达，缓缓而来；吉冈春与猫王国王子挟着猫咪与猫咪小雪匆匆而至，青鬃长须的白龙与千寻从天而降，龙猫列车也随即来到了。无脸男、灰尘精灵、透明小龙猫、可爱小幽灵从四面八方拥过来，大家相互对视、微笑，这仿佛是一场无声的童话大会。幽灵公主用眼神倾吐着人类肆意破坏环境的愁，千寻则用微笑示意着奇幻之旅的乐，每个人都用无声的方式，说着不同的故事。在一刹那，所有人物都淡了、淡了，模糊了，最后，只剩下我一个人了……

我要离开这座城堡了，我不想离开，但我必须离开，因为离开才意味着长大。下一次敲开这座城堡的大门，会是何时呢?

想起斯内普的样子

油滑的黑卷发，弯弯的鹰钩鼻，一张灰白的脸，犀利的眼神，阴沉沉的——斯内普，让人一见就心生厌恶。初读《哈利·波特》，他便给我留下这样的印象。他，仿佛注定与正义结下了不解之仇。当他杀死魔法学校的校长邓布利多时，我对他的愤恨达到了顶点。邓布利多，他就像神一样的存在，而斯内普却杀死了他，愤怒之外我还有震惊！但当一切真相大白时，我不禁对斯内普无比佩服。

在罗琳的笔下，斯内普是一个间谍，斯内普的童年孤苦、悲惨，他变得自卑、冷漠，直到他遇见了莉莉——哈利·波特的母亲。莉莉给了他希望，他深爱着莉莉，深爱着她那双碧绿温暖的眼。在所有人都认为他是黑魔王的爪牙时，他却尽力保护着学院里的所有学生。在他生命的最后一刻，他卸下一身的伪装，他对哈利·波特说："看我！"哈利·波特提取了他的记忆，才恍悟他一直是自己的保护神。他在哈利·波特目光注视下离去，在那一抹梦境般的碧绿中，他仿佛又看到了自己一生的挚爱——莉莉。读到这儿，泪水浸湿了我的双眼，斯内普，是一只黑色的蚌，一颗石子进入了他的内心，他却用内心最柔软的地方摩擦着这颗石子，天长日久，这颗石子已成为一颗熠熠生辉的珍珠。虽然斯内普的扮演者艾伦·里克曼走了，但那个黑卷发、鹰钩鼻的斯内普却永存在我心中。我忘不了，忘不了他的一举一动。

斯内普的样子一直在我心里生长。

窗外

——记2017年《感动中国》人物黄大发

窗外是恹恹的苞谷地，除了苞谷地，还是苞谷地，这里没有其他的庄稼作物。苞谷细长的叶子绿得那么憔悴，周围都是一圈黄叶，蔫蔫的，打不起精神来。苞谷瘪而瘦，如一个个营养不良的婴儿，渴望一场甘霖。晴朗的蓝天没有一丝云彩，没有一丁点儿要下雨的意思。远处是重重的大山。两三个挑着水的男子从田埂里走来，窗前走过。飘来一阵有气无力的歌谣："山高石头多，出门就爬坡。一年四季苞谷饭，大年三十晚上才有米汤喝。"23岁的黄大发坐在窗前，久久地凝视着大山。身为草王坝村的大队长、村支书，年少气盛的他有一个单纯的梦想：让全村人都能吃上大米饭。草王坝，一个出了名的穷村，贫穷的原因就是缺水，全村900多号人，靠村里人走两三千米找到的一个河沟，来回走两个小时挑水吃。常年的主食是苞谷沙饭，粗硬得难以下咽。"下定决心，排除万难，争取胜利，拿生命来换水！"这是他的座右铭。

一项轰轰烈烈的引水工程就此开始了，要把山那头的螺丝河水引过来，必须凿一条100多米长的穿山隧洞。黄大发带领全村老小，用了5万多人工，拿着铁锤与钢钎，一点一点开凿。200多天过去了，隧洞终于打通了，可是水却过不来。修修补补十几年，水就是进不了草王坝，村民们都灰心了！黄大发却依然不屈不挠，忘不了的是他当初立下的誓言："第一次跌倒，第二次爬起来，我的梦想长期没有丢，不把水引过来，我死了眼睛也闭不上。"草王坝引水工程再次开工，这次建渠，要横跨三座大山、三道绝壁。在绝壁上开凿，要从悬崖顶上把人放下去施工。57岁的他二话不说，绑上麻绳，一步一步攀下悬崖，脚下是万丈深渊。铁锤和钢钎敲击着石壁，发出清脆的声音。沿着绝壁，一寸一寸凿，一尺一尺敲，水渠一米一米向前延伸。

历经三年，一条绕三重青山、穿三道悬崖的"生命渠"通水了。清澈的河水，几经返转，第一次流经了那个名叫草王坝的小村，甘甜的河水给村民们带来了久违的希望，清澈的水倒映着黄大发。他笑了，声音沙哑，皱纹满面，即使不再年轻，不再英姿勃发，但他实现了大伙儿的梦想，大米饭大伙儿都能吃上了。

他说，水过不去，拿命来铺。一个人，一扇木窗后的梦想，一颗执着了多少年的心，一句誓言用一辈子来实现。大发渠，云中穿，不管僵直手指，沧桑面孔，但初心不改。窗外是一片绿色的稻田，风轻轻拂过，稻穗簌簌地碰撞着，一阵阵稻花的香气令人赏心悦目。

书之世界

世界上第一本书是用什么做的？也许是用细柳枝穿起的一片片美丽花瓣的“花之书”，或是一张张缤纷的树叶制成的“叶之书”。渐渐地，人们发现在花瓣、树叶上刻字既不方便又难以保存，所以放弃了。聪明的古人想到了“龟甲之书”，也就是甲骨文。因为在龟甲上刻字保留时间长久，所以在那段时期，人们一直在用“龟甲之书”，后来人们不再用龟甲之书了，因为龟甲是乌龟的壳，想要用龟甲，就得捕龟。这么一想，总不至于天天捕龟吧！于是古人想到了“竹之书”。把竹子剖成大小厚薄一样的竹片，在上面写字。但是人们发现，没有经过加工的竹片会被虫蛀，人们便把竹片放到火上烤。殷红的火舌舔着翠绿的竹片，竹片上冒出了点点“汗水”。不一会儿，原本泛着青瓷光泽的竹片换了一副土黄色的面容。这时候，人们把竹片取下晾干，在焦黄的竹片上写字，一直延续到蔡伦造了纸。

书，是中国文化的起源，从神奇的女娲补天到爱国的屈原投江，书中的一切记载着中国璀璨的文化。这些诗词历史都在书中变得鲜活起来。从“风萧萧兮易水寒，壮士一去兮不复还”的悲壮，到“露从今夜白，月是故乡明”的思乡之情，都流露出古代诗人的悲欢离合。是书，让我们重新看见古人的生活；是书，把中国上下五千年连接在一起。

在我的生活中，书也扮演着重要的角色。在我牙牙学语时，父母就经常教我念古诗。现在我长大了，经常捧起书，背诵古诗词与古文。当我一次次翻开书页，总是会闻到那熟悉的油墨味儿加上一点儿树木的清香。看着看着，我觉得树木的生命在书中延续。书，就像我的一位朋友，总会给我带来大大小小的惊喜。《北人不识菱》中那北方人说菱角长在前山后山让我感受到古人的幽默，《李广射虎》中“平明寻白羽，没在石棱中”让我惊叹李广那惊人的力气。书给了我不同凡响的感受。我差不多一有空就捧着书，在沙发上来个“葛优躺”，品味书带来的乐趣。

我相信，在历史长河中，书将越来越被世人珍爱！

论儿童教育观

我早已在心中酝酿了些文字，想来论论关于我的儿童教育观的，只是仿佛听到有人对我指东点西。不管了吧，文字在心中压久了，会压疼的，不妨还是写出来吧。

记得我在《二十四孝图》中的几段，都有提及过的。呜呼！现在提及那“老莱娱亲”和“郭巨埋儿”的画作，我还是要呕吐般，真是反感。我记得我还写过“正如将‘肉麻当作有趣’一般，以不情为伦纪，诬蔑了古人，教坏了后人”之类的语句。现在呢，我再来细细谈谈，我反对妨碍白话文运动，继“文化大革命”后，给儿童的书都成了什么样子了？本本都是《二十四孝图》的样子，可惧啊可惧，举着新时代革命的旗子，却做着旧时代做过的事，可笑可悲！可能有许多人要出来反驳了，那么请问，为什么要扼杀孩子的童真与探索世界的好奇？你们养出的，不是一个个只会读书的书呆子？孩子们要读爱读的书，否则，他们无一点儿兴趣，怎可能读得好？这么做是无知的，也是不讲情理的。唉，我们这些人也做不出行动，也只是卖弄卖弄笔墨罢了。

在第四篇《五猖会》，我也略有提出自己的看法。一样，我十分不赞同封建教育，说严重点，是憎恶。“粤自盘古”呵，“生于太荒”呵！我自认为，这些东西对我后来的创作也不见得有什么用处。诸位，你想想，一个孩子在兴奋地期盼迎神会的同时，突然地，要背《鉴略》，说是简略，实则繁杂得很！这时候孩子的心情如何？正如将一盆冰水当头浇下。这是怎样地使我发生不同的感想啊！虽然我很爱我的父亲，但不得不承认，我并不同意我父亲的观点与思考方式。压制孩子的天性是一种极其愚蠢的行为，何必小小年纪一副小大人的样子？孩子成不了孩子，孩子失掉了孩子的模样，不是可悲吗？

再及《百草园到三味书屋》一文中的三味书屋那几段，不得不说，寿镜吾老先生对我的启蒙很重要，但是他拒绝回答“怪哉虫”一事，使我现在还耿耿于怀。当然，现在耿耿于怀的肯定不是得不到正确的答案，但不满还是有的。我不满于老师的古板，就像庙门口的永远是两只石狮，而从来不会是两只隐鼠。一成不变的刻板教育一定会被淘汰。至少我是这样认为的，这样读书以“禄”为最终目的，不求甚解地大声朗读，反倒酿成笑话，何必呢？孩子既然不愿意读，强迫自然也不会生效。

还是很怀念百草园的生活，至少那时还是无忧无虑、自由自在的。至少还可以看见草尖上顶着一颗颗莹润的露珠；

至少还能肆意大哭为隐鼠立下小小的墓；至少还能采下一颗颗覆盆子集在树下，想象自己是得胜而归的大盗。现在，别说是露珠了，就算前面路上有石子我都不会瞧一眼。以前，我曾忙于观察晚霞旧相片般的颜色与园子远处那朵永远樱粉色的云；忙于趴在地上看小队的蚂蚁喊着号子上前；忙于痴迷那几片斑斓的叶与青绿的翠影，忙着玩，忙着跑，忙着长大。如今，我忙于写作，忙于投稿，忙于做言论，忙于讽刺，忙于批判，忙于奋力挣扎。我不曾痴笑儿时的天真，却不懂得为何这样累。这样的时代，造就的也是这样的人吧。我不想让孩子重新上演一遍自己的历程，孩子应该被理解、被尊重、被关心，孩子应该解放天性，孩子应该不受束缚地长大，应该做他们爱做的事、看他们爱读的书。成长是一笔交易，要用朴素的童真与未经人事的洁白交换长大的勇气。

写完这些，心中仿佛出了一口恶气，不管怎样，这是我的观点，借鉴也罢，批斗也罢，就不去想了。

为善则富有

一、“我能照顾好自己”

这是一场未曾预料的感动。2018年11月23日12点42分9秒，一名身着墨绿色的衣服，戴着墨绿色的鸭舌帽，留着长发的乞丐闯入了宁波市白鹤派出所。42分15秒，他从裤袋中掏出1000元整，交给民警。他希望帮助贫困的山区孩子。于42分19秒，乞丐说出了那句震惊全场，感动无数人的话：

“我能照顾好自己。”

随后，乞丐于43分28秒匆匆离开，短短1分钟9秒的时间，足以抨击人们的心灵。褴褛衣衫下遮不住高贵的灵魂。1000元，足以比上大款们的几百万了。这是一份来自乞丐的暖。

他是富有的。因为他是善良的。

二、1分钟9秒的富有

人们都说，精神上富有才是真正地富有。物质上的钱，名利是无关紧要的，即使拥有了，也未必代表你有一颗高贵的心。而什么是精神的富有？很少有人说，也很少有人提及。而古人则说过："贫富不分贵贱。"富与贵是两种不同的概念。贵即为精神之富有。只在1分钟9秒左右，乞丐的言行便足以体现他的富有。

他的富有，不在于有多少的钱，在于他的善良。1000元于他身份的巨大反差，不仅给我们带来冲击，还带来了内心的谴责。我们不曾善良，便不曾富有。善良，它永远不是作秀，不论高低，它都是我们人人可拥有的财富。

三、"身在流浪，心在天堂"

于11月23日12点发生的事立刻就火了起来，网友们纷纷表示："自己连流浪汉都比不上""看哭了""希望社会上多一些这种人"……而"身在流浪，心在天堂"正是对这名乞丐的高度概括。更有甚者，于11月23日至12月9日，不少人来到乞丐出落的地方，表示要见一见他，都被他拒绝。低调加上善良，与他的外表极不相称，使人不禁联想到济公，那个疯癫而善良的老头。他可谓当代济公吧！

见过很多的"金玉其外，败絮其中"，而他却是衣衫褴褛，心若冰晶。

四、“传说”

为善即富有。

见惯了世态炎凉，人性薄淡，眼前似乎已经一片荒芜。但回头，便有直击内心的温暖。

愿用微薄之力帮助别人的人，会被这个世界温柔以待。

就让他继续成为一个传说吧。

平凡不平淡

有人说过，如果把一个人比喻成一台发动机，那么IQ、知识、天赋就是发动机的额定功率。我想，在平凡的日子里，额定功率将以努力为根本，一点一滴地展露，最终，以绚烂归一。

平庸与平凡，总是以双胞胎的身份两两出现，但它们的本质有着巨大差别。平庸显得老旧，这不是一个人应有的模样；而平凡，则不同。字典里是这样解释的：不高傲，不崇高。我想它的本义，便是如此吧。

有多少人害怕平凡，就如同害怕平庸一样。但他们不知道，甘于平凡才是真正的英雄。就连莎士比亚也调侃过：没有什么比想要不平凡更平凡。

记住，学会甘于平凡，但不能甘于平庸。

回首望向历史长河，他甘于平凡。他在无数平凡的日子里，学会豪放雄毅，懂得心怀柔情。他在官场被不公平地牵连，无辜地被排挤，毫无征兆地被贬。弃家之痛，丧妻之苦，是否会在黑暗之夜次次来袭？心非木石。

何妨？

他有着自己的平凡生活，他乐在甘于平凡。他不拘于时，他畅然于山水，穿梭于笔墨。他是在平凡中成长的，成长出一种明媚不刺眼的光辉，一种圆润不腻耳的声响，一种无须察言观色的从容，一种无须申辩的宽宏大量。他说过“竹杖芒鞋轻胜马，谁怕？一蓑烟雨任平生”，他说过“几时归去，作个闲人。对一张琴，一壶酒，一溪云”，其实，他一直懂得：简约不简单，平凡不平淡。他最终是没有被历史遗忘的。

他是苏轼。他甘于平凡，却不平庸。他是平凡着的英雄。

不仅是真实人物，小说人物也是如此。

《平凡的世界》中，他从一名高中毕业生到一名煤矿工人，贯穿他的生活主线是普普通通，艰苦朴素；贯穿他的思想主线是平平凡凡，奋斗不止。一个身负重荷的平凡人，努力发掘自己被禁锢的价值，用事实证明平凡的自己也能不平庸。

他是路遥笔下的孙少平，他甘于平凡，不甘平庸，他也是平凡着的英雄。

日子，是在平凡中诞生出无穷的趣味的；生活，是在柴米油盐中炒出香味的。其实，真正的英雄甘于平凡地活着。

人间至味是清欢。

口吃并不可耻

什么是可耻的？是道德的败坏，是人性的泯灭。近视可耻吗？不！驼背可耻吗？不！身体的一切缺陷都不可耻，口吃自然也一样。

古老的声音从古代传来，魏晋将军邓艾，名留青史，可《世说新语》中有一篇文章，开头便写道："邓艾口吃。"晋文王戏弄他："卿云'艾艾'，定是几艾？"他却很淡然地说："凤兮凤兮，故是一凤。"在他眼里，口吃可耻吗？不！一点儿也不可耻，邓艾不是照样成大事吗？他的英勇盖过了口吃。

战国文学家韩非子，连秦王都赏识他，可是，韩非子有个为人熟知的巨大缺陷：口吃。但这也不影响他成为法家的主要代表人物，与老子、孔子一起彪炳史册。

外国演员布鲁斯·威利斯，号称孤胆英雄，谁也不曾料想在电影中大放异彩的硬汉，竟然是一个患有口吃毛病的人。但又如何，他凭着自己出色的演技，在好莱坞电影界出人头地。

综上，三位古人的口吃并没有湮没他们本人巨大的实力，事实证明，才华与口吃可以并存，口吃的人照样能获得成功。不如这样说，每个人多多少少都会有缺陷，口吃只是其中一种，口吃不可能也不应该是可耻的表现。反过来，我们不能嘲笑一个人的口吃，这并不是他的错，他也并没有做错什么。

口吃并不可耻，口吃者亦能成大事。

生命　生命

拉斯基曾经说过："生命是唯一的财富。"是呀，这个世界上，生命是最为神奇的。

我走到阳台上，看看那里的花花草草，突然，我惊奇地发现，在枯黄的叶子里，黄褐色的泥土中，竟然冒出了几片嫩绿的、细长的吊兰叶！我惊讶极了，去年冬天来了一场前所未有的大寒潮，我们全家人都以为阳台上的吊兰早已被冻死了，因为吊兰所有的叶子都已枯黄，没有一片叶子有一丝绿意，但是今年春天，这吊兰居然又活了过来，又抽出了嫩叶，这株小小的吊兰里，有着多么强的生命力啊！

我又想到另一个不屈的生命——张海迪。张海迪5岁时，就患髓血管瘤而造成高位截瘫，但是，在残酷的命运前，她并没有屈服，而是很乐观地对待生活，她勤奋努力，学完了小学、中学的课程，还自学了四国语言，翻译了许多海外著作。面对命运，她没有屈服！

有些人死后，把器官捐给了别人，他们虽然死了，但是却让别人获得了重生，我认为他们是伟大的。我问妈妈：“除了这些生命有意义，还有哪些生命也是有意义的？”妈妈指了指窗外的一盏盏灯说：“这灯是谁发明的？”我回答：“是爱迪生。”

“是呀，爱迪生虽然已经死了，但是他发明的灯照亮了全世界，他的生命也是非常有意义的。”妈妈说。

我明白了，生命的意义就是面对挫折不低头，做出对他人、对世界有意义的事情！

秋思

风不知何时褪去了燥热的气息，大地静下来了。天大抵是蓝的，那种深邃的色彩一次次抨击我的瞳孔，抨击内心不可告人的秘密。秋天，狂奔而来。

为啥说它狂奔呢？看，大雁一听消息，急得振翅而飞；果子一听消息，立马变了色彩，橙的、黄的、红的，琳琅满目。风中裹着甜香味儿，丝丝缕缕，沁人心脾。“一叶知秋何不语，但看万木秋风里。”叶子唰啦啦落下来，像蝶般打着旋儿，拥抱大地。踩上去“簌簌”作响，听起来还蛮有一番韵味。满地的落叶铺成一条小道，仿佛在叙说：历经坎坷，不要忘了远方的路。

“自古逢秋悲寂寥，我言秋日胜春朝”，谁说秋天一定是凄凄惨惨，一定使人枉断肠呢？秋天，何曾不是一种乐观、豁达的人生态度？且看那红枫，在夕阳的映衬下，红得分外迷人，丝丝透明。枫叶在大家的视线中展示从透明到淡青再到橙红的完美过渡，好像女孩儿正在阳光下沉思，那密密的睫毛闪着浅浅阳光，在风中微微抖动着，在“无边落木萧萧下”时，坚守一树的炫目辉煌。我知道，并不是每一颗心都能折射出阳光静谧的美好心情，但是红枫做到了。而它也告诉我，要学会这样做。

秋日那柔情的阳光，已抛弃了夏天那份古怪的性格与暴躁的脾气。它流彩溢金，把那些青得逼眼的绿，削减了锐气，全都变得柔和而温馨了。阳光是秋天的功臣，更像慈母，包容万物而与世无争。

荷叶早已卷曲残缺不全了，但仍挺立着，像年残的老兵一样，即使衰老也不倒下，“留得枯荷听雨声”，也何尝不是一种人生哲理与历尽沧桑后的感叹。稻田翻涌着，满目温润的米黄，稻谷在风中有规律地起伏，用“沙啦啦”的调子，谱成一首丰收的小曲儿，这是农民最爱听的。菊在风中摇曳着，烂漫地绽放，卷曲的花瓣像小爪，抓住了秋季最后的一份艳丽。

秋天，一笔一画皆有情；秋景，一字一句皆是意，多么醉人的季节！

慢的力量

曾经有人说过，到达金字塔顶端的，只有两种动物：一种是雄鹰；另一种是蜗牛。

雄鹰是靠着天赋的双翅飞上云霄，到达目的地的；而小小的蜗牛，靠的是惊人的毅力，不着急，不放弃，朝着远大的目标，一步一步，慢慢地向上努力，最终，蜗牛看到的是和雄鹰一样绚烂的风景。

有那么一些人，他们天资聪颖、悟性极高，是人们羡慕不已的“学神”，但也有那么一些人，他们刻苦勤奋、不急于求成、脚踏实地，一个一个足迹，到达成功的顶峰，他们同样令万众瞩目。

初学钢琴，老师一直让我练习基本指法，弹扎实每一个音，要清晰，要透亮，揉着酸痛的手练习一遍遍，一日日，反反复复一月又一月，我很疑惑，为什么不先练习曲子呢？后来才知道，要先打好地基，之前的慢是为了如今的快，之前的苦是为了如今的乐。我这才领悟慢的真谛。

但是，在如今快节奏的日子里，慢还会被肯定吗？“慢”也许就成了“懒”的代名词了。在心浮气躁的时候，何妨不尝试让自己慢下来，心平气和地去面对，让自己做一只小小的蜗牛，放慢步伐，朝着目标，不辍前进。在自然界中长得快速的树木，它的材质往往疏松，而那些缓慢生长的树木，它的材质优良，硬度高，密实，能做栋梁之材。慢自有慢的力量。

“小小的天有大大的梦想，重重的壳挂着轻轻的仰望”，或许我们每个人都应该这样，像蜗牛一样踏踏实实，缓缓向前……

勇敢面对"不如意"

哈利·波特其实生活得挺不如意的，没去魔法世界之前，住在一点儿都不友善的德思礼姨夫姨妈家里，过着度日如年的生活。有一天，猫头鹰送来了一封神秘信，信里是霍格沃兹魔法学校的录取通知书。哈利·波特来到魔法学校后，交了两个好朋友，体验了骑着飞天扫帚打球的快乐，从课堂上和生活中的所有事物中学到了魔法，不仅如此，哈利和伙伴们一起保护魔法师，最终打败了黑魔头。

读完这本书，哈利那坚毅的脸庞深深地映在我的脑海里。当我读到"好了，把魔法石给我吧，别让你的母亲白白为你丧命""休想"时，我不禁被哈利过人的勇气折服了！他为了保护魔法石，奋不顾身，差点丧了命。面对命运，他不害怕，坚持与黑魔王奋战到底。哈利·波特是那样勇敢，而我们呢？我们是不是一遇到不顺心的事就害怕了，不敢去尝试了呢？遇到困难，我们不要害怕，要勇敢尝试。如果失败了，也不要灰心丧气，要像哈利·波特一样有坚强不屈的意志，要不断努力，最终你一定能获得成功。

我也遇到过这种事。我怕黑，不喜欢一个人睡觉，但是妈妈一定要培养我的独立自主，让我一个人睡觉。记得那天，妈妈叫我独自一人睡觉，我死活不肯，妈妈不耐烦了，说："这么大了，还要我陪着睡觉，说出去还不羞死人啊！"这句话一下子燃起了我的怒气，我心想：谁怕谁啊！还当我是三四岁小毛孩儿啊，真是的！于是我对妈妈说："好，今天晚上我自己睡觉！"然后一转身，"砰"的一声关了门。

只听"咔嚓"一声，我关了灯，只感觉一片漆黑，我差点叫出声来，但是我立刻想起刚刚对我妈说的话，于是又鼓起勇气，躺进被窝，冰冷的被子贴着我的肉，只感到鸡皮疙瘩都起来了。我抬头看，发现家里所有的摆设物都变得狰狞可怕。我实在受不了，于是一骨碌坐起来，打开英语播放机，只听一连串单词蹦出来，我觉得好多了。过了一会儿，我想睡了，就关掉了播放器。霎时间，房间变得格外安静，静得可怕，可怕得使我的心在颤抖。只听见外面汽车的鸣笛声和房间外细微的嘈杂声。我忍受不了这死一般的寂静，于是又打开了播放器，在它的催眠下，我终于朦朦胧胧地睡去了。

等我醒来，我觉得其实独自睡觉也没那么可怕，是自己的想象打败了自己。

足迹

长白山

“青山不老，为雪白头”的原型定是那长白山，迎着漫天飞雪，我们来到长白山景区。

一、飞雪

雪肆无忌惮地挥洒，片片洁白得无一丝杂色，扑簌簌地往下落，像天边扯下薄薄的云，又如一只只翻飞起舞的玉蝴蝶。

落雪像绝代佳人那白净细腻的肌肤，冰凉冰凉，在阳光的照射下显得温婉如玉、晶莹透亮。江南怎会有如此之壮观，如此之美好的雪景呢？江南的雪只不过“飞遍江南雪不寒”罢了，只不过“片片飞花霜染颜”罢了，哪有那“风打飞絮霜华乱，鹅毛旋舞沙中转”的气概，哪有那“忽如一夜春风来，千树万树梨花开”的美好？在这样一个寂静无声的雪世界中，又有谁忍心去破坏这圣洁的雪景呢？

不久，又飘雪了。我细细赏那一片片雪花在空中飞舞的各种姿势，或飞翔，或盘旋，或直直地快速坠落，铺在地上。

我倚树静立，遥听片片飞雪呢喃轻语……

二、地下森林

第二日，雪已停，一轮红日照耀大地，雪后的长白山银装素裹，分外壮观！我们一行人缓缓走入“地下森林”。

这是一片原始森林，两旁是参天的古木，枝叶斑驳，绿得沉郁，似乎每一棵树都从远古走来，能向你诉说一段沧海桑田的历史。仰头望去，每一棵树的枝丫都向上伸展着，拥抱着碧蓝的天空，阳光透过重重叠叠的枝丫，斑斑驳驳地洒在地上。枝丫间盛开出大朵大朵素雅的白棉花，枝条横着残雪，嶙峋的枝条如同玉树琼枝，给这无边的森林增了几分灵动。倒有圣诞卡片的气息。雪是松软的，与江南的雪大不同，江南的雪一捏一个雪球，北方的雪如面粉，捏不紧，抓一把洒向空中，雪飘飘扬扬地洒下，如烟似雾，竟有几分飘逸了。

瑞雪将森林装点成圣洁的白色，整个森林如同一幅巨大的黑白山水图。林子里静极了，空气清新自然，冰凉至极，使人神清气爽。路旁的护栏上积起一个白馒头，圆圆的，小小的，甚是可爱。婀娜多姿的美人松高大挺拔，像一顶巨伞。有徐徐微风，树梢间的积雪簌簌落下，这情形，好似来到仙境。我兴奋地跳入路旁，雪竟然没过我膝盖。我用力地扒拉着雪，向大家洒雪、扔雪，雪在我周围飞舞着，我觉得腾云驾雾般。大家一起来挖雪坑玩，啊！雪下埋着的竟是嫩绿的几株小草，它们在白雪的厚毯下，等待着春的消息。

一行人玩雪后，继续向前走，眼前突然出现一处断崖，地面似乎塌陷了进去，仿佛此处的山被切割了一块，滑落在深渊里。我们俯视着，断崖下也是郁郁葱葱的树林，它们在我们的脚下依然勃勃生长！凹陷的深渊是地球骇人的伤痕，但繁茂的树又给深渊增添了无限生机。火山口的内壁岩石，经过长期风化剥蚀，早与火山灰等物质一起变为肥沃的土壤，而衔着各种植物种子飞越火山口的群鸟，则成为天然播种者，如此天长地久，火山口的内壁上，终于长满了树，形成了森林。

这就是地下森林！它是那样幽邃深远，奥秘神奇，具有独特魅力。

三、魔界雾凇

天还暗沉沉的，我们已在景区门口了。进门，是一个大公园，横卧在树枝上的雪，经过一夜，勾勒出每一棵树的姿态。起初，并不觉得异常，只觉得万籁俱寂。突然见远处一个亭子，空无一人，白雪勾勒出飞檐翘角，让我忽然想起《湖心亭看雪》一文“大雪三日，人鸟声俱绝，天与云与山与水，上下一白”，颇为应景。

沿着曲折的小道，我们发现远处弥漫着雾气，而此时所见到的树，却美得让人惊叹、让人瞠目，让人不知该用什么语言来描绘了。不是白雪覆盖着的树，这白色闪着银光，更缥缈，更梦幻，更美好！原来是热电厂的水经寒冷的空气，瞬间化作冰晶，依附在枝条上，直接凝结在树枝上，才有这一番别有滋味的美。

朝阳款款升起，天边红霞满天，清凉温柔的光落在每一棵树的枝头，仿佛所有树都戴上了水晶的装饰。金色的阳光下，敷在枝端的冰晶被镀上一层薄薄的淡金，闪烁着异样的美！河岸边、树木上、芦苇间、草丛里都是雾凇，我们仿佛来到了一个神话的世界！细细呼吸，生怕一时的高声喧哗夺去了这林中独具的意境。踩在棉花般的雪中，踏出一个个深深浅浅的痕迹。看水中白色雾气婷婷袅袅地升起！温弱的阳光未使雾凇融化，天很蓝，雪很白，树很直，枝条错落有致，零星的鸟鸣啾啾是这里最和谐的声音。在蜿蜒的小路上，欣赏这美妙的一切，梦幻的白色，使人如置身于幽雅恬静的仙境，让人恍若置身于一个旷世美好的童话故事。

此处已是魔界！

沧浪亭

沧浪亭位于苏州，建于北宋，是一座历史悠久的古典园林。

进入大门，你可以看见一座假山，是用太湖石堆砌而成的。此外还有几条小路通往假山山顶。山顶上种着花草，山的旁边有一棵正开满花的茶梅树，粉红的花瓣，嫩黄的花蕊，好看得很！

园林中央还有一座大假山。山上种着各种树木，蜡梅正开花，香气四溢。假山山顶很宽敞，中间建了一座亭子，上面一块匾额，写着“沧浪亭”三个墨绿色的字，两旁朱红的柱子上写着“清风明月本无价，近水远山皆有情”的对联。站在亭中，可以居高临下地俯瞰园林美景，别有一番景致。

小假山旁，有一条抄手游廊贯穿了整个园林。抄手游廊其实就是靠着墙壁的走廊，全是用卵石铺成，有些卵石还依据不同颜色铺成菱形、卐形等，既美观又防滑。人们为了防晒和避雨，还在游廊顶上盖起屋檐，铺上黑瓦。游廊的白墙上，隔一段路就有一个镂空的窗格，每一个窗格的形状都不相同，有梅花形的，有菱形的，还有牡丹花形的，雕得非常精细。

站在透过镂空的窗格前看进去都是一幅极美的景，有的是红花绿树，有的是白墙衬着绿绿的爬山虎，还有的是一丛芭蕉……让人感到园中有园、景中有景。有时，抄手游廊会离开墙壁几寸，在里面种上几株翠竹，阳光从上面射下来，翠竹的叶子像玉一样透亮，而翠竹的影子正好映在雪白的墙壁上，构成一幅美丽的水墨画。早晨、中午、晚上，不同时段的光影变化，让水墨画呈现不同的姿态，真是美妙绝伦！

在沧浪亭中，随处可见竹子，有时候成百上千棵密密地种在房子前面的庭院两边。走在那石子路上，两旁是用竹篱笆围起来的翠竹。一阵风吹过，翠竹就沙沙作响，眼前是一个月洞门，门后白墙边种着阔叶芭蕉和一棵桂花，十分安谧静美，让人恍惚觉得来到了《红楼梦》中的潇湘馆。

沧浪亭到处有美丽的景色，说也说不尽，希望你有空去细细游赏。

寒山寺

“姑苏城外寒山寺，夜半钟声到客船”，是儿时我对寒山寺唯一的印象。而今我在寺中，这寺院满足了我对它的所有想象。

昨夜下了一场大雪。清晨，到了寒山寺，积雪未融，雪将寺院装点得格外圣洁。屋檐黑瓦上一片洁白，飞檐翘角上的小龙头与憨态可掬的小人也落了雪，它们神态自若。寺中的一切都显得格外古朴典雅。金黄色的墙亮丽夺目，黄墙上写着草青色“寒山寺”三个大字。寺内很静，游客稀少。寺中，几株蜡梅傲雪，凌风怒放，幽香缕缕。古木参天，树上留着少许残雪。大庙内，香烟缭绕，如烟似雾，使一切朦胧而又真实。穿着袈裟的和尚，双手合十，低眉闭目，口中念着经文。诵经文的声音如歌，有词无调，若有若无，配上木鱼的轻轻敲击声，甚是好听。大佛心怀天下，慈眉善目，用平静的眼光看待世间的喜怒哀乐。镀金的身体，含笑的嘴唇，慈祥的眼神，仿佛早已看穿一切。我怀着虔诚的心，叩拜在大佛面前，默默许下一份属于自己的心愿。

快过节了，寺庙也挂起了火红的灯笼。殷红的颜色配上素白的雪，高挂在走廊各处。那几抹俏皮的大红，使寺院生动起来。红白双色，正意味着红白双事，僧人把一切事情抛下，尘缘已尽，冷眼观世界。寺后一方方正正五角塔。塔檐依旧是青黑色，中间的层层塔身竟是朱砂色。精美的雕花，玲珑的镂空，檐角吊着别致风铃，风一吹，叮叮当当的煞是好听。在寺庙中竟有如此一塔，实是有趣。

银装素裹的寒山寺，很美。

花满园　香满径

遇见如此美丽的茶花，实在是一生中的幸运。

踏入凤山茶花园，我怔住了。放眼望去，三千多棵开花的树。好似置身于皇宫后院，三千佳丽盛装出席，婷婷袅袅。一时之间，我不知该奔向哪一棵花树。万朵茶花竞相开放，每一朵都是不同的姿态，有的绽放到极致，有的才开半朵，有的妖艳动人，有的清纯美好。

胭脂红的花瓣绞在一起，中间是点点嫩黄的花蕊，红得热烈，红得奔放，喜气洋洋地缀满枝头，把枝条都压弯了。粉如霞，红似火，像是小女孩儿无意间泼上的艳丽的色彩。霜白的茶花瓣重重叠叠，沾着晶莹的水珠，恰似那清澈湖水投石激起的千层涟漪，又如美人哭后梨花带雨的微微发白的脸颊。含苞的花是小家碧玉，想要抬头看看世界，又有些犹豫不决，刚刚露面，早羞红了脸。几朵红中带白的杂交品种，就是一位位混血美人高冷的俊颜；淡粉色的花，则似童子粉嘟嘟的嫩脸。恍惚间，万朵茶花化作万张如花似玉的姑娘的脸，款款地矜持地微笑，斯文而不失甜美，典雅而不失端庄。每一朵花都不拘一格地绽放出自己的美好。

拾起一朵落花，轻轻掸落水珠与青草，仍似那树上时的面容姣好。它大得惊人，如我的脸蛋；美得不像话，像牡丹般娇艳欲滴。这朵鲜红硕大的花，是不是树向地面抛下的绣球？风是媒人，顺理成章地使花朵落下。有顽皮的孩子摇那一棵一棵的花树，把花瓣撒得满地都是，倒是颇像婚礼现场玫瑰花瓣铺满地的场景，青绿的草，衬着红的粉的白的各色花瓣，是多么奢华、多么惊艳。

遥想大理王子段誉在此赏花，一定也与我一样惊叹！不知李白至此，会不会写下“咏茶花”三曲？如若李清照来这儿，定会“沉醉不知归路”。这里便是腾冲凤山国家森林公园茶花基地，占地约110亩，有茶树300个品种3000余株，是茶花的基因库所在。

园中云雾缭绕，远山遥不可及；风中暗香浮动，丝丝缕缕，若有若无。近处，朵朵茶花笑脸盈盈，千红齐绽，万紫同芳，此生无憾！

走向田野

一条曲曲折折的泥泞小路，带着几缕花草的味道。道旁，是野花野草。踏在这样的道上，心就舒坦下来。山野的绿色尚未褪尽，带着黄色的尖儿。满目稻花，风的轻柔，带来丝丝属于稻花的清香。蜻蜓落在草叶上，轻巧而灵活。澄澈的天，无边无垠，像那沁凉的水。

陌上花开，是无名的野菊，周围是一圈金黄的花瓣，这菊采了太阳的光芒，暂叫它“镀金边”吧！拈一朵“镀金边”，轻轻转向稻田，倾听稻海的脆响，几只耐不住性子的萤火虫在叶间爬，这样初秋的田野，一点儿也不野。

夜幕降临，出去散步，熟悉了霓虹灯的璀璨，又是否能看清黑夜？睁着眼，像猫儿一样洞知黑暗，依稀看见几颗星。星如钻石，点点撒满天鹅绒般墨蓝的天际。耳畔秋虫唧唧，麻木在巨大的分贝里，嘈杂的声音中，又是否能静下心来，屏息聆听秋虫的演奏？那颗浮躁已久的心能不能渐渐坦然？

早已熟知城市的喧嚣与热闹，但我却选择远离喧嚣，走向期待已久的田野。有多少人会像我一样，离开城市，迈入田间，去感受自然之美？

不同的人看到的田野是否截然不同？驻足田野，我感受到自然的味道，田野，是恬野，恬静而安适。

山韵

今晚，我们去朋友的山庄里做客，汽车开进去，曲折蜿蜒的山路，碧波荡漾的水库，山间有些绿叶开始泛着一丝儿黄的、红的边儿，它们在风中翻飞，像满山的舞娘，赶赴一场秋的盛宴。早已熟悉的风景，今天却有着异样的美。

饭后，我们一起去山路上散步。习习清风拂过脸颊，点点繁星缀在天空，耳畔是秋虫唧唧。秋虫，不像蝉那样聒噪，声嘶力竭。它们的声音是轻柔的，似乎在呢喃，又似乎在合奏一曲，是那么有节奏、有韵味。深呼吸，一股淡淡的草木清香沁人心脾，整个人远离了城市的喧嚣，远离了迷离闪烁的霓虹灯，心渐渐沉静下来了。走在山间小道上，我被云雾裹着，远处的身影朦朦胧胧中的。夜，很静，带着一点儿朦胧、奇幻的色彩。

远山，还望得见，披上了雾的轻纱；近树，郁郁葱葱，在夜的笼罩下如同剪影一般，高大挺秀。忽听一声蛙鸣，我打开手电筒一照，一只满身疙瘩的蟾蜍正趴在路旁。它从容不迫，就蹲在那里，一动不动，供我们观赏，你可是月宫中的那只，也来欣赏这凡间美景？哗哗的水声盈耳，这是雨后路畔细流跌落，它欢唱着奔向小溪。啊，一只小螃蟹不知为何也从溪畔爬了出来，它在我手电筒的光柱下，挥舞着大钳子，莫不是它也想剪一段秋韵？萤火虫只身一人，加入了这场秋之会，它的身后萤光闪闪，恰似一颗落入山野的晶莹的梦！

我，融于自然，聆听这自然的天籁，感受自然的心跳。星空下，山道上，大树旁，脑海中忽然浮现一句：“与谁同行？云雾、清风、我。”

南京三日

2017年1月19日　星期四　阴转小雨

刚刚一放假，我和妈妈就开始了南京的旅程。我们急急忙忙吃完午饭，乘上汽车，直奔南京。来到夫子庙酒店，我们放下行李，直奔瞻园。

瞻园原为朱元璋称帝后赐予开国第一功臣中山王徐达的王府，后来又为太平天国东王杨秀清和幼西王萧有和的王府。它被誉为江南四大名园之一，以欧阳修的名句“瞻望玉堂，如在天上”而得名。

从西门进入瞻园，迎面是一座假山，奇峰叠嶂，怪石嶙峋，都是用太湖石砌成。园内游人稀少，梅花开得正艳，金灿灿一片，美不胜收。走着走着，我看见了一个小亭，翘角、飞檐，一片片瓦上雕刻着美丽的花纹。定睛一看，原来这精致的小亭叫岁寒亭，亭中柱子上还刻着一副对联：绿竹红梅先发为荣，青松翠柏后凋有志。亭子的周围种着青松翠竹蜡梅，相得益彰。我们在园边一座小假山上看到一个扇亭，这亭子是历史上有名的铜亭，据说是世界上最早的取暖设备。

园子时而曲径通幽，时而豁然开朗，配上潺潺流水、淡淡花香，更让人觉得美丽幽静。走累了，我们坐在石凳上，有一只黑白相间的小猫咪向我走来，我走过去，摸了摸猫咪的脊梁，它也不怕，反倒“喵喵”地叫唤起来，任我抚摸，还露出惬意的表情，仿佛在说：“真舒服呀！”

晚上，我们去了夫子庙，乘了夜游船，看着秦淮河两岸繁华的景象，我不禁吟诵起一首小诗：烟笼寒水月笼纱，夜泊秦淮近酒家，商女不知亡国恨，隔江犹唱后庭花……

2017年1月20日　星期五　晴

今天，我和妈妈去了总统府。总统府是清朝的江宁织造署，太平天国时期洪秀全的天王府，孙中山先生曾在此宣誓就职中华民国的临时总统，袁世凯在此复辟，蒋介石也曾在此办公，是中国最大的遗址博物馆。

进入总统府，有一个大堂，大堂中间悬挂着“天下为公”的匾额，是孙中山先生题的。匾额下方，是一条长廊，一排红色的柱子整齐地排列着。一直通向远方。接着，我们参观了金銮殿，据说是天王洪秀全登基时坐的，那里金碧辉煌，雕刻着各种盘旋的金龙，象征着天子的威仪。沿着中轴线前行，我们观看了蒋介石的办公室，孙中山的起居、办公的西式小洋楼，来到西花园，西花园的湖呈瓶形，寓意着平安吉祥。湖中还有一艘石舫船，石雕和木雕相结合，非常精致，据说乾隆皇帝曾经在此用膳。

参观完总统府，我们来到了离总统府不远的江宁织造博物馆。江宁织造府，是康熙皇帝六下江南，五次居住的“豪华旅馆”，也是曹雪芹的童年生活之地。走进江宁织造府，映入眼帘的是一匹匹巧夺天工的云锦，瑰丽无比。有的绣着一朵朵美丽的祥云纹，有的绣着一条条金黄的盘龙纹，还有各色牡丹纹，富丽堂皇，颜色各异，绚烂美丽。让我不禁赞叹古人的智慧。

《红楼梦》展馆中讲述了曹家的兴衰，以及曹雪芹的巨作《红楼梦》。曹雪芹生来就是锦衣玉食，有着享不完的荣华富贵，但是一夜抄家，家族突然衰败与没落，曹雪芹变得赤贫，全家举粥过日子。就是在这样艰苦的环境下，曹雪芹写就了《红楼梦》，在他的笔下，泼辣狠心的王熙凤，多病聪慧的林黛玉，端庄大方的薛宝钗，不苟言笑的贾政……这些人物给我留下了深刻的印象。看着，看着，我的脑海里浮现了一句《红楼梦》中的诗：满纸荒唐言，一把辛酸泪。

2017年1月21日　星期六　晴

第三天，我和妈妈去了气势宏伟的中华门城堡。中华门，又名聚宝门，是至今世界上保存最完好的城墙，有“天下第一瓮城”的美誉。

我和妈妈来到中华门面前，只见它如一条灰褐色的长龙，盘旋着。走近点，城墙的面容就更清晰了，城墙非常高大，走进城门，抬头望，城门高达二十几米，一共有四个城门，每个城门里都有一个凹槽，这个凹槽是用来放千斤闸的。许多藏兵洞分布在城门旁，洞内可容纳数千人。每当敌军入侵到两个城门之间时，相邻两个城门的千斤闸就会放下来，这样敌军就出不去也进不来了，藏兵洞里的将士们一涌而出，歼灭敌人。“瓮中捉鳖”这个成语就是这样来的。

走近城墙，我用手抚摸着一块块城砖，粗糙、斑驳。仔细一看，每块城砖上都刻着字，没错，这一块清晰可见：“造砖人周云，窑匠刘观海，总甲王胜，甲首吴贵，小甲赵雯。”有一些城砖上的字迹已经比较模糊了，原来朱元璋为了防止铸造墙砖的官吏偷工减料，于是下令每块砖都写上造砖人和负责人的名字，这质量追踪制度令人叹服，所以历经600多年的风雨未倒，今天依然固若金汤。

这些城砖像一个个无语的老人，看过经过战乱，历经风霜，记载着历史的痕迹。我望着这逶迤的城墙，眼前不禁浮现出当时的情景：遥想当年，两军交战，将军威风凛凛地站在城楼上，指挥部队与敌军作战，暮沙裹草，纵马奔驰……

中华门城堡真是我国劳动人民智慧的结晶！

黔之旅

2016年7月，我们去了贵州，那里有雄伟壮丽的黄果树瀑布，有富有民族风情的千户苗寨，有变化多端、神秘莫测的织金洞，有柔美清秀的万峰林……

一、黄果树瀑布

早听说黄果树大瀑布有“天下第一瀑”的美誉，我们慕名而来，欣赏黄果树大瀑布群的壮美！

走进景区，只听见“哗哗”的水声，我们从枝叶间望去，便看见一匹白布似的瀑布挂在山间。我们越走越近，水声也越来越响，到最后竟如雷鸣般轰鸣着。到了大瀑布面前，我们抬头望，一条白纱帘似的瀑布从山上飞泻下来，冲进碧绿的河流中，水花有力地拍打着岩石，发出啪啪的声音，十分壮观！又溅起无数细细碎碎的小水珠，形成薄薄的水汽，如烟似雾的水汽像一层乳白色的面纱，笼住了河流，怪不得诗人写道：“捣珠崩玉，飞沫反涌，如烟似雾，势甚雄伟！”

水汽飞溅到我们的脸上、身上，不一会儿，我们的头发上便沾满了小水珠，一颗颗滚落下来，脸像被洗过似的，衣服湿答答的，贴着身体，连眼睛也睁不开了。

忽然，我发现河面上有一条彩虹，像一座弯弯的拱桥，十分美丽。令人感到神奇的是这条彩虹竟能随着人们位置的变化而变化，我们向山上攀登，彩虹居然从河面“跃”到了空中，让人惊叹不已！

我们继续向上攀登，很快来到了“水帘洞”，瀑布就在我们的头顶上飞泻跌落下去，从水帘洞的平台望出去，瀑布像一匹轻纱挡住了人们的视线，水哗哗地流着，这时，我仿佛置身在一个乐池，四周乐声奏鸣。

除了观赏黄果树瀑布的壮美，我们还欣赏到了银链坠潭瀑布的秀美。银链坠潭瀑布呈漏斗形，巨大的石头像宽大的荷叶，许多条瀑布从巨石上坠落入潭底，真像千万条断了线的珍珠链滑入一个玉盘中，“珍珠”从“玉盘”里弹起来，继而又落入“玉盘”中，永不停息……

我站在瀑布前，久久不愿离去。

二、飞歌敬酒

西江千户苗寨风景区坐落于贵州省黔东南苗族侗族自治州，是保存苗族“原始生态”文化比较完整的地方，被誉为“中国苗都”。

我们一行人来到西江千户苗寨，只见苗寨四周青山环绕，一条清澈的白水河穿寨而过，微波粼粼，泛着点点银光。层层梯田依着山势直连云天，眼前是翠绿的麦田，蓝天上飘着朵朵洁白的云彩，更增添一份幽静辽远。白水河的右畔是一座座吊脚楼，灰黑色的瓦，屋檐上镶了一层“银边”，整齐一致地叠在山上，错落有致，风景真是美丽极了。最使我印象深刻的还是苗家姑娘的“飞歌敬酒”。

走进“阿依家”饭店，一串串苞米挂在梁上，别有情调，盛在竹篓里的糯米饭格外香，黑猪肉肥而不腻，在瓷杯里倒上一盏米酒，品一品，甜甜的，喝了两杯，便有了几分醉意。正在我们吃得欢时，只见一队人马来了，苗家女开始来敬酒了。竹管的芦笙吹起来了，姑娘们婷婷袅袅地走近了，她们手拿棕色酒壶，排成一列，第七个壶中的酒倒入第六个壶中，第六个倒入第五个壶中，依次下来，飘香的米酒像高山上的流水淙淙，最后倒入一小杯里，灌入客人的嘴中。姑娘们一边倒一边唱着苗家的敬酒歌，因为是方言，我们完全听不懂是什么意思，只觉得歌声嘹亮极了，久久回荡在整间屋子里。被敬酒的那位游客可不能用手碰酒杯，否则罚的酒会更多。

一时间，围观的游客都笑着、嚷着，拍着大腿热烈鼓掌的，拍照片的录像的，直到这位游客被灌得两颊绯红，连连摆手，这高山流水的酒才依次停歇下来。苗家姑娘笑盈盈地走向下一位客人，我们都觉得有趣极了！这个习俗源自苗族人民的热情好客，远方有客来，当然好酒好肉款待，不醉不归，苗族人们的好客让我们惊叹。头戴银饰、项戴银锁的苗家姑娘那悠扬的歌声让我至今难忘！

漫漫古道千里长，悠悠苗乡古道旁，米酒甜，米酒香，敬酒的飞歌飘山梁！

三、镇远古镇

镇远古镇是贵州省黔东南苗族侗族自治州镇远县名镇，位于㵲阳河畔。我们在一家客栈住了下来，来到房间，发现有个小阳台，我坐在阳台上，欣赏着㵲阳河。河面很宽，河水碧绿碧绿的，清澈见底，如果你仔细看，还可以发现水底墨绿的水草和穿梭在水草中的小鱼小虾呢。

㵲阳河上有一座古老的石拱桥，叫祝圣桥。祝圣桥是用一块块的青石砖堆砌而成，显得十分古朴。桥上有座三层楼的八角凉亭，亭檐上雕刻着精美的图案，显得典雅美丽。桥下共有七个孔，倒映在水中，仿佛七轮美丽的圆月。远山云雾缭绕，近水波光粼粼，这一派景象，让人有在梦乡一般的感觉。

走近祝圣桥，我发现在每个桥墩前都有一块三角形的青石块，左右两边都有。你们猜猜它们有什么作用。其实这些青石砖是用来防止水流冲垮桥墩的。㵲阳河的水流湍急，如果水直接扑向桥墩，长年累月，桥墩就会被水冲垮。于是聪明的古人在每个桥墩两旁都垒砌了三角形的青石块，水流经过桥墩必须先冲向青石块的尖角，然后变成两股水流顺着三角形斜斜地流进洞内，这样可以减少水对桥墩的冲击力，怪不得祝圣桥有着600多年的历史还依然这么坚固雄伟。细看那三角形的青石块，上面满是斑斑驳驳的苔藓，饱经风霜，还有不知名的草本植物，在顽强地生长着。

祝圣桥的对面是赫赫有名的青龙洞古建筑群。它有500年的历史，建于明代，坐落在镇远城东的中和山上。它背靠青山，面临绿水，贴墙临空，五步一楼，十步一阁，翘翼飞檐，雕梁画栋，真是巧夺天工！据说吕洞宾就在这里修炼成仙呢！那里有佛院、学堂、道观，还有会馆，把佛、道、儒、俗融为一体，真是构思大胆！

我们在镇远古镇骑了四人自行车，看到了古邮局、古码头，玩得不亦乐乎！

热海大滚锅

2016年春节，我们全家去了云南的腾冲市旅游。腾冲素有“火山地质博物馆”之称，腾冲市里有许多大大小小的温泉，这些温泉的源头在哪里？让我告诉你吧，这些温泉的源头就是——热海。

山脚下到处是商铺，卖各种玉石、火山石、草和花编成的头环，还有些老人在推销草编的鸡蛋串。我买了一串鸡蛋，提着上了山。

我们踏着山路往上爬，道路两旁都是紫红色的三角梅，一大片一大片盛开着，别有情趣。一个拐弯过后，迎面吹来一阵暖气，里面夹着一股臭鸡蛋的味道，远远地我看到一条冒着白烟的溪流。继续往上爬，我发现沿路有许多小水坑，每一个小水坑都冒着泡，热气正汩汩地往上升。

爬到半山腰时，我们发现那里有一个温泉，有许多人正在泡温泉。原来聪明的人们发现这里的水很适合泡温泉，所以他们在这里建造了一个度假区，供大家来泡。接着，我发现这里的岩石也别有一番韵味，这里的岩头上有一道道黄色的痕迹，就像一条条泪痕一样。一问才知道，原来这种痕迹叫作泉华裙，是由于一些池子里的泉水常年顺坡漫流，泉水在流动，因温度逐渐降低，泉水的溶解度也随之下降，致使泉水中高浓度的矿物质沿途析出，而形成多彩的皱褶沉淀物，像华丽的裙子。

走着走着，我们到了一个较大的池子旁，定睛一看，这个池子的水正冒着大大小小的气泡，这些气泡像一颗颗白色的珍珠，气泡破了后，水落入池中，就像一朵朵盛开的白莲，怪不得这个池子的名字叫“珍珠泉”呢！在珍珠泉的旁边，有大小两个池子，像一副晶莹的眼镜，故称“眼镜泉”，这两个池子又像是一对姊妹，所以又称之“姊妹泉”。

我们又看到了“鼓鸣泉”“怀胎井”，一路攀登，终于来到了最为著名的“热海大滚锅”。远远地我就看到一个大大的圆形池子，蔚蓝色的水正冒着白色水汽。走近一看，满池的水都在沸腾、在跳跃、在冒泡。白色的热气不断向我吹来，臭鸡蛋似的硫黄味儿浓极了。据介绍，这里的水温高达102℃，是热海温度最高、面积最大的一个温泉。我东瞧细看，发现“热海大滚锅”旁边一个地方还围着一大群人，凑过去一看，原来大家在温泉煮鸡蛋呢。正巧，我也买了一串鸡蛋，哈哈，今天可以吃到“火山鸡蛋”了。

妈妈爸爸又带我去用“热海大滚锅”的温泉水泡脚。果然，温泉泡脚就是跟普通热水泡脚不一样，脚泡在水里，感

觉滑溜溜的，感觉像打了很多很多的肥皂。温泉水看起来有些白乎乎的，泡着温泉，吃着用温泉煮熟的花生、土豆、鹌鹑蛋，惬意极了！我把脚从水里抬起来，感觉身上所有的疲劳都消失了，真是神清气爽啊！

走在下山的路上，我吃着“火山鸡蛋”，买了一块火山硫黄皂，算是不枉此行了！

美到人心里的乡村

“篱落疏疏一径深，树头花落未成阴。儿童急走追黄蝶，飞入菜花无处寻。”是呀，乡村就是这样美丽，好像一幅山水画卷。

田野里，雪白的萝卜花开了，金黄的油菜花也开了，望过去一大片连着一大片，真是铺天盖地，在春风吹拂下涌起波浪，仿佛一个花的海洋。豌豆花黑白相间，好像一位位穿晚礼服的少女，又似春天的发夹。葱也按捺不住了，青绿的茎上顶了个刺球似的白花。遍地都是不知名的小野花，像小仙女顺手撒向人间的星星，蓝的、粉的、紫的……纯洁、娇小、鲜亮、美丽。

小蜜蜂带着花粉篮，在花丛中忙碌地飞来飞去，各样的蝴蝶扑闪着晶亮的翅膀，热闹极了。树上都是星星点点的嫩叶，像无数的眼睛，闪亮闪亮，在太阳照射下，呈现出翡翠一般的颜色。微风轻轻拂过脸颊，带来花的芬芳与泥土的清香。

乡下人家，总会在屋后搭一鸡院，养上几只肥嘟嘟的母鸡。时间一长，鸡和人都混熟了，只要你走到鸡舍前，所有的鸡都会亲热地跑过来，伸着脖子向你要吃的。每当傍晚，你走进鸡舍，还能摸出几个热乎乎的蛋回来。在小河里，你一定能瞧见一群鸭子游戏水中，不时地把头扎进水里寻找吃的，只露出一个屁股和一对橙红色的脚丫，那副可爱的模样，总能令人忍俊不禁。

乡下的人们，见到谁都是笑脸相迎，碰上面，总会说上几句家常话，他们起早贪黑到地里干活，十分勤劳。他们也非常好客，只要有客人来，他们就会煮一大桌饭菜来款待客人。乡下的饭菜那么新鲜、那样美味。他们直接从土里挖出马铃薯，蒸着吃，把刚从田里采摘来的罗汉豆放锅里煮着吃，原汁原味，鲜美无比。更别提野山笋了，嚼一口，能感觉到舌尖的笋肉，那么爽脆，那么鲜美，有点甜丝丝的，让我总是意犹未尽！

乡下的村边，总有一座小山陪伴。藏在林中的鸟儿开始唱歌，你唱我来和，歌声时而缓慢、时而急促、时而尖细，时而浑厚……黄鹂的叫声最婉转，最后的尾音还打着旋儿。燕子唧唧地呢喃着，连松鸦也不甘示弱，用粗哑的嗓音“嘎嘎”地叫上几声。各种鸟叫加上“咕呱，咕呱”的蛙鸣，交织在一起，汇成一首乡村奏鸣曲！抬头仰望，碧蓝的天空，白云似一大团一大团的棉花，太阳明晃晃地亮眼，这里的一切都是无忧无虑、自由自在的。

乡村是那么朴素又那么灵动，真是能美到人心里的。

天津·古文化街

一片又一片整齐有序的石板，在地上井井有条地排列着，既不单调又不乏味。

移步缓入古街，悠悠走在青石板上，耳畔是那清脆悦耳的旋律。墙上，青青的苔藓配着碧绿的爬山虎，那是时间逝去的痕迹，令人赏心悦目。招牌旁悬着的大红灯笼，早已陈旧，红上蒙灰，却不改初衷，仍安分地望着古街。

阳光随意地洒在古建筑上，给青灰的砖瓦砌上一层亮丽的金色，古朴的古建筑默然无语，像一位高僧，历尽沧桑，看破红尘。古街袒露着岁月的痕迹，描述着人间的冷暖故事。温煦的阳光，轻柔地抚摸着每一块凸凹不平的石板。

岁月如流，如今的古屋早已改成店铺，但改不了的，是古韵悠悠；诉不尽的，是往事如烟。

古道旁，一位嶙峋的老人正静静地吹糖艺。趁着糖未干，一小团糖在老人的搓揉捏拉下，短短几秒就被吹成一只小鹅。空心的身体半透明，如琉璃般泛着淡淡的金黄，它翘着尾巴，

昂着头，黑色的眼睛透出几分俏皮。一块小小的糖在老人的手下凝固成一只玲珑的玉鹅。我驻足痴望着夕阳下老人与他的杰作，赞叹不已。老人无意间又给古街添了一份浓浓的韵味。

古街，留给我的是一段不曾被遗忘的记忆。

月光

月光，吸走了露珠的气息，捎走了梨花的精华，舒舒腰儿，挪步上夜空。静静的，它又清又冷；淡淡的，如流水般，绕过窗户，柔柔地泻在房间里，将地板缀得斑驳陆离，如一块素白的毯绣上了几朵无规律的花斑。

穿过丝丝缕缕无心飘浮的云，月光与它们打完招呼，继续上移动。它望见田野了，月光将一丝丝带着柔美的素光，慢慢地传递给田野。霎时，田野化为一片银白，麦浪翻滚，细腻与粗犷调得恰到好处。

月光望望自己的作品，漫无目的地在天空中游荡，它又遇见了湖。月光似乎把它当成了画布，倾泄下最后的心血。湖被月光调制成一壶甘洌的酒，散发着月光的醇香。波纹轻轻漾，如抖动的丝绸。

月光累了，看着自己纯白的地板，纯白的田野，纯白的湖，纯白的一切。它已经心满意足了，不知是不是过于用力，月光不再素白，披上了淡淡的朝晖。它想：不知下次升起，该偷点谁的白色呢？

秘密基地

我有一个“秘密快乐基地”，那里天蓝悠悠的，云白得像棉花，野花处处盛开，芬芳美丽。这个地方就是我的外婆家。外婆住在鄞州区咸祥镇的一个小山村里，村前一条清清的小河流过，像条细长的蓝绿色丝带。小河前面是一座大山，连绵不断，这座山远看像一头可爱的小牛犊，所以这座山被称为“犊山”，正因如此，外婆家住的小山村叫“犊山村”。大山与小河之间是一条长长的柏油马路，连接着我们宁波的家。村庄的后面有一座低矮的小山，不远处是一条宽宽的大嵩江，江边总有白鹭缓缓飞落，让人赏心悦目。

春天，万物复苏，犊山上的杜鹃花盛开了，一朵朵、一簇簇、一团团，一大片一大片，漫山遍野都是粉红的、紫红的、鲜红的。到了山上，不用挪动脚步，手一伸就能采摘到一大捧杜鹃花儿，抱也抱不过来，满鼻子都是花的甜香味儿，让人陶醉。这时节，村后的小山脚下，身材苗条的野山笋探头探脑地从土里钻出来，有的像毛笔，有的像筷子，还有粗粗的像“妙脆角”。我轻轻一拔，野山笋就手到擒来，煮汤、红烧，味道鲜美极了，让我禁不住现在就要咽口水了。春夏之交，红红的苗子在刺丛中成熟了，采摘下来放在手上，像一颗颗红色的玛瑙，又像一颗颗红色的珍珠，甜甜的，味道好极了。

夏天，荷塘里的荷花开了，一朵朵白色的荷花像一位位穿着白纱裙的仙子，翩翩起舞。小雨过后，碧绿的荷叶上，露珠像一颗颗白色的珍珠，还闪着银光呢。“小荷才露尖尖角，早有蜻蜓立上头。”夏天捉蜻蜓是最有意思的事了。我们捕捉蜻蜓的网非常特殊，用细竹条把它凹成一个水滴形，紧插在一根细长的竹竿上，我们再四处寻找蜘蛛网，把黏黏的蜘蛛网一层层缠绕在水滴形圆环上，这样，一个捉蜻蜓的工具就完成了。河塘边的红蜻蜓像一架架小飞机，停在芦苇茎上、水草叶上，有时还能见到橙蜻蜓、黑蜻蜓，透明的翅膀，飞起来很敏捷。不过，有了这个黏蜻蜓的网，只需对准轻轻往下一黏，哈哈，蜻蜓轻而易举地被我抓到了，有时我乱挥一气，都能抓到。田地里都是些纤细的豆娘，大多是蓝色的、红色的，有时也有绿色的。它们更好抓，屏息凝视，或用网或直接屏息凝视徒手去抓，都非常容易！观察它们透明的翅膀、奇异的眼睛，然后在手心放飞，真是太好玩了。

秋天到了，瓜果成熟了，白白胖胖的藕娃娃被人们从土里挖出来了，稻田里的稻谷成熟了，风一吹，沙沙作响，带着淡淡的香味儿。野葱绿绿的，香香的，田埂上，山坡边，满是的。用野葱煎蛋可是我的拿手好菜呢！到了夜里，萤火虫像流星一样飞来飞去，我们带着网兜去抓，跳啊，笑啊，不一会儿，玻璃瓶里亮起了一盏盏小灯笼，真美！

如果你觉得冬天的乡村没啥好玩的，那可就错了。村边的大嵩江畔有很多人在“钩鱼”，这不是用普通的鱼饵去钓鱼，而是在鱼线上放上好几个鱼钩，然后挥动钓竿向江上一甩，鱼钩沉入水中，只需一下一下地回拉，你看，这位叔叔把竿子一甩一拉，一条胖头鱼就活蹦乱跳地出现在我的面前。只有在冬天的江里才能这样钩得到鱼喔，因为冬天水冷，鱼不大会游动，所以才会被鱼钩给钩走呢！我还可以捡起平坦的瓦片或小石片在河上、江上打个水漂儿，我能打起三个水漂儿呢，不错吧？妈妈随手从河岸边拔起茅草根，剥掉外层，请我嚼一嚼，哈哈，丝丝甜味儿！

我在“秘密快乐基地”里一年四季都可以寻觅到无限的快乐！我爱外婆家，希望那里山更绿、水更清、花更艳，人们更幸福！

山居秋暝

我独自走在小路上，这连绵不断的群山刚刚沐浴了一场新雨，露出了青色的肌肤。抬头望去，乳白色的云雾就像一件轻纱，盖在群山上。远处的天空被镀了一层淡淡的粉紫色。

夜幕降临，微风一阵阵拂过，脸上凉凉的，才觉有些秋意。皎洁的月亮从松隙间筛下清丽的光辉，清清的泉水在石上缓缓流着，激起的水花恍若一朵朵小小的白莲。泉水旁，盛开着一片不知名的野花，蓝紫蓝紫的，甚是好看。黄色、白色的蝴蝶悠悠地扑闪着翅膀，在花间流连。

我走着走着，不经意间来到一片竹林旁。忽然，从这翠竹间传来阵阵欢声笑语，原来是洗衣的姑娘回来了。我继续走着，只听见蛐蛐的歌声夹杂着我的脚步声。我左侧有一池荷叶，荷叶像一位位穿着碧绿舞裙的少女，亭亭玉立。绿叶丛中，有几朵晚开的荷花，是那么婀娜，露出黄色的芯儿，大多数荷花早已变成了绿色的莲蓬。这时，正好有一条渔船划了过来，荷叶、荷花都朝旁边弯了身子。顷刻间，荷叶上的水珠如同一颗颗圆润的珍珠，纷纷滚落在荷塘里，划破了荷塘的宁静。一只躲在荷塘里的白鹭被惊得“呼”地飞了起来，它张开洁白的翅膀，在天空中盘旋了一阵后，落到了绿色的田埂上。

春天早已过去了。啊，我的朋友，你是否愿意与我一起感受自然赠予的美好呢？

一曲难平

当音符缓缓地谱出，像银铃，如一汪泉水叮咚流淌。

钢琴清脆地交叠出梦幻般的空间，如夏季降下的晨雾，清新又绵长，忧郁而不哀伤，有着黎明的希望。时而又如阳光，透过云层，一束束穿插到林间，透过交织的叶片，筛落在草地上。

音符从不叠杂，虽碰撞，却似珠玉般发出悦耳的轻响。乐曲不是华丽的，却清淡脱俗，如羽毛，触及我内心的深处。随着音调升高，音符开始不断乱窜，如荷叶上滚动的露珠，晶莹剔透，不断交汇，融于一粒，坠下，又溅起，娓娓流泻。音符虽不复杂，但悠远的意境却远远超过其他音乐，音乐簌簌，如在诉说隐秘的心事，每一个音符都是那么清晰，柔美中带着力量，彷徨中有着坚定。

低音裹着高音，高音又挟着低音，不断交融，绵延不绝于耳。世俗已抛，音乐似丝竹轻柔地低吟。音符像橙红色落叶，蝴蝶似的落下，带来伤感。清澈的和弦从耳边经过。听

着灵动而轻缓的音乐，心情会变得从容而安静。升腾出丝丝柔情，涟漪出轮轮希望。

音乐已尽，心未平，意未尽。于是又一次点开。恍惚间如置身于大草原上，微风轻拂过及身的草，草儿一阵抖动，发出轻微的声响，不远处，有一个人，在风中摇摆，素色的衣服随着一起轻轻飘，她眼神明亮清澈，透着希望，如湖水般透亮，在风中款款等待着什么……